Online Celebrity English
2000

網紅英語2000句

劉 毅 主編

英文不要學，只要使用。
我們要說，
就說最好的英文
(perfect English)。

不要背單字，
要背句子，
句子越短越好。

要一次背三句，
說三句，
寫三句。

用手機學英文，快樂無比！

學英文不背單字，只背句子，已經是趨勢。但是一個句子有多個意思，如 Come on. 這個句子，就有很多不同的意思，要看實際情況來決定。所以，背單獨一個句子，你不會用，也常常用不到。把三句綁在一起，句意明確，一開口就三句話，只要三個組合，九句話，就可變成演講或文章，説起來，滔滔不絕。

不會説英文，反倒是好事

不會説英文，我們才有好的開始。我們要學，就學最好的英文（perfect English）。説英文是一種藝術，可以説得很優美、體貼、動人。如別人給你勸告，你可以説：

> You made a good point. （你說得很對。）
> You talked me into it. （你說服我了。）
> I'll take your advice. （我會接受你的建議。）

全天下，有哪一個美國人，會説出這麼好的英文？不會説英文，我們背起來才快樂，背中文就難了。我們不只是在學英文，可以藉著學英文的機會，改變我們的思想。一般人難以接受別人的建議，總有自己的想法。有一位補習班老闆辛炳巍，他告訴我説，哪裡的餃子最好吃，我去吃了，並且拍照傳給他，他感動不已，説了好幾句 "I love you." 你每天背這三句話，背得滾瓜爛熟，無形中潛移默化，有正面的想法，邁向成功之路。

最好的英文是有生命的

藉著學英文的機會，説出漂亮的英語，改變自己一生。高興的人，人人喜愛，對自己的健康也有幫助。如：

> I'm thrilled. （我很興奮。）
> I'm delighted. （我很高興。）
> I'm jumping for joy. （我高興得跳起來。）

這三句話你天天可以説，哪個人聽了會不高興？所以，説英文是學一種説話的技巧，背句子就對了。以前我們學文法，説 thrill 是「使興奮」，是情感動詞，人做主詞要用過去分詞。其實，不要想那麼多，背就對了。想太多，浪費時間。

使用才不會忘記

英文唯有使用，才不會忘記。現在使用英文最好的方法，就是在我的網站上留言。在網站上交談，很容易找到志同道合的朋友，每天像寫情書一樣，寫到最後，越寫越順。如果不會寫，翻翻這本書，就能找到你要的句子。先是模仿，再模仿，會越寫越多。這本書有 2,000 多個句子，挑你喜歡的寫就對了。

自己造句太危險

自己用有限的文法造句，太危險了。用文法學英文的方式已經落伍，文法規則無限多，例外也無限多，有誰能學得完？爲了協助同學應付考試，我在網站上教 1,000 條文法題目，只要會做這 1,000 條題目，就變考試高手了。

自己造句，沒有信心，不知對錯，説起來自然和外國人格格不入。如：「我後悔了。」英文是 *I regret it*. 【正】不能説成：*I regret*. 【誤】「我很感激。」英文是：*I appreciate it*. 【正】不能説成：*I appreciate you*. 【誤】連美國人也常犯這個錯誤。

要讓興趣推動你學英文

英文不要學，只要使用，使用英文會激發你的興趣。強迫孩子們不玩手機，是不可能的。在捷運、火車上，現在誰在看報紙？都在看手機，手機變成一種精神寄託，人不能一天沒手機。既然要玩手機，就加入我的網站，用英文和全世界交流，充滿了無限的想像空間。我最近認識了一個網友 Dina，只有七歲，在網站上教英文，你相信嗎？她不是在美國，是在中國吉林省的一個小城市。我每天看著手機，既交朋友，又和大家一起學英文，興奮不已。我希望我的粉絲們和我一樣快樂！

劉 毅

要學，就學最好的英文！

	一般英文 (Ordinary English) 沒有生命，冷漠無情	最好的英文 (Perfect English) 有生命、熱情，人見人愛
1.	I understand. 我了解。	I understand. 我了解。 I comprehend. 我了解。 I read you loud and clear. 我非常清楚你的意思。
2.	I'm sorry. 很抱歉。	Terribly sorry. 非常抱歉。 I'm sincerely sorry. 我真的很抱歉。 I apologize. 我道歉。
3.	You're so kind. 你人真好。	You're kind. 你人真好。 You're considerate. 你很體貼。 You're the very best. 你是最棒的。
4.	Merry Christmas! 聖誕快樂！	Merry Christmas! 聖誕快樂！ Season's greetings! 佳節愉快！ Happy holidays! 節日快樂！
5.	Do you like to walk? 你喜歡走路嗎？	Do you like to walk? 你喜歡走路嗎？ I'm a big walker. 我常走路。 I walk to stay in shape. 我走路是為了保持健康。
6.	Trust me. 要信任我。	Trust me. 要信任我。 I promise. 我保證。 I won't disappoint you. 我不會讓你失望。
7.	收到禮物回答： Thank you. 謝謝。	I owe you one. 我非常感激你。 I owe you something nice. 我應該為你做點好事。 I won't forget. 我不會忘記的。

	一般英文 (Ordinary English)	最好的英文 (Perfect English)
8.	Shut up! 閉嘴！	Please keep quiet. 請保持安靜。 Say nothing bad. 不要說難聽的話。 Hold your tongue. 要保持沈默。
9.	Study hard! 用功讀書！	Keep learning. 要持續學習。 Continue learning. 要繼續學習。 Make learning your life. 要讓學習成爲你生活的一部份。
10.	I'm lucky. 我很幸運。	Lucky me. 我眞幸運。 I lucked out. 我運氣很好。 Lady Luck was with me. 幸運女神特別眷顧我。
11.	I agree with you. 我同意你。	We see eye to eye. 我們的看法相同。 We're on the same page. 我們的意見一致。 The feeling is mutual. 我們有相同的感受。
12.	You look beautiful. 你看起來很漂亮。	You look stunning. 你看起來非常漂亮。 You're so beautiful. 你很漂亮。 You take my breath away. 你使我目瞪口呆。
13.	I don't believe. 我不相信。	Incredible. 眞是令人難以置信。 Unbelievable. 眞是令人無法相信。 Hard to believe. 很難相信。
14.	I slept well. 我睡得很好。	I slept like a baby. 我睡得很熟。 I slept like a log. 我睡得很熟。 I slept like a dead man. 我睡得像死人一樣。

	一般英文 （Ordinary English）	最好的英文 （Perfect English）
15.	Wow! 哇！	Wow! 哇！ Whoa! 哇！ Oh, boy! 噢，哇！
16.	This store is popular. 這家店很受歡迎。	This store is number one. 這家店最好。 It's the top place to shop. 它是買東西最好的地方。 It's the hottest store in town. 它是城裡最受歡迎的店。
17.	Think about it. 考慮一下。	Think it over. 考慮一下。 Think about it. 要考慮一下。 Sleep on it. 好好考慮一下。
18.	I'm sorry. I'm late. 很抱歉。我遲到了。	Thanks for waiting. 謝謝你等我。 Sorry about that. 很抱歉。 Sorry I took so long. 【一般人不會用】 抱歉，我花那麼長的時間。
19.	May I help you? 我可以幫你嗎？	What can I do for you? 我能爲你做什麼？ I'm always here to help. 我隨時願意幫忙。 Don't be afraid to ask. 不要害怕，儘管開口。
20.	Leave me alone. 別煩我。	Don't talk to me. 不要跟我說話。 Talk to the hand. 別煩我。 I don't want to hear you. 我不想聽到你的聲音。

CONTENTS

1. 自我介紹 (Self-Introduction)

 網路是個很好的平台，可以介紹
自己，並把自己的理念讓大家知道，
也可以交到志同道合的朋友。

☐ **1.** My name is Samuel.　　　　　我的名字是山繆。
I'm an English teacher in Taipei.　我是台北的英文老師。
I love traveling, meeting　　　　我喜愛旅行、認識朋友，以及
　people, and learning English.　　學英文。

☐ **2.** I've taught for fifty years.　　　我已經教了五十年。
I've dedicated my life to English.　我把我的一生奉獻給英文。
I love my students dearly.　　　　我非常愛我的學生。

☐ **3.** I enjoy teaching English.　　　　我喜歡教英文。
It's a labor of love.　　　　　　這是我心甘情願做的事。
I'll continue teaching till my　　我會持續教到最後一刻。
　last breath.

** ————————————————

1. Samuel〔'sæmjuəl〕*n.* 山繆　　meet〔mit〕*v.* 遇見；認識
2. dedicate〔'dɛdə,ket〕*v.* 奉獻 < *to* >；使致力於
dearly〔'dɪrlɪ〕*adv.* 由衷地；深深地
3. labor〔'lebɚ〕*n.* 勞動；工作　　***a labor of love*** 為愛好而做的工作
It's a labor of love.
= I do the work because I love it, not for money.
breath〔brɛθ〕*n.* 呼吸；一口氣　　*one's **last breath*** 臨終

自我介紹

□ 4. Now I'm teaching online.
Kuaishou is my classroom.
Now I love followers like
you.

現在我在線上教書。
「快手」是我的教室。
現在我很愛像你們這樣追
隨我的人。

□ 5. I'm teaching all day.
I'm working my tail off!
That's why we're growing
fast.

我整天都在教。
我非常努力工作!
那就是我們會快速成長的
原因。

□ 6. I'm on our site all day.
I'm working ten hours or more.
It's all "blood, sweat, and
joy!"

我整天都在我們的網站上。
我工作十個小時以上。
這全都是「血、汗,和喜
悅!」

**
───────────

4. online〔͵ɑnˋlaɪn〕 *adv.* 在線上;在網路上
follower〔ˋfɑloɚ〕 *n.* 追蹤者;追隨者

5. tail〔tel〕 *n.* 尾巴　　***work one's tail off*** 非常努力工作
grow〔gro〕 *v.* 成長

6. site〔saɪt〕 *n.* 網站 (= *website*)　　blood〔blʌd〕 *n.* 血
sweat〔swɛt〕 *n.* 汗　　joy〔dʒɔɪ〕 *n.* 喜悅
blood, sweat, and joy 改編自片語 ***blood, sweat, and tears***,
字面意思是「血、汗,和眼淚」,引申為「非常努力」。

自我介紹

□ 7. I offer three sessions a day.　我一天上三堂課。
I upload three videos daily.　我每天上傳三部影片。
I do it all for free.　我做這些全部免費。

□ 8. My videos are easy to follow.　我的影片很容易看懂。
They're short and direct.　它們簡短又直接。
They get straight to the point.　它們直接切中要點。

□ 9. My teaching style is fast.　我的教學方式很快速。
My method is intensive.　我的方法很密集。
I feel wasting time is like a　我覺得浪費時間就像是犯
　 crime.　罪。

**　**** ────────

7. offer (ˈɔfɚ) v. 提供
   session (ˈsɛʃən) n. (授課) 時間　　upload (ˈʌpˌlod) v. 上傳
   video (ˈvɪdɪˌo) n. 影片 (= *post*)【「快手」上稱為「作品」】
   daily (ˈdelɪ) adv. 每天　　*for free* 免費地
8. follow (ˈfɑlo) v. 聽懂；了解　　direct (dəˈrɛkt) adj. 直接的
   straight (stret) adv. 直接地　　*to the point* 切中要點
   get to the point 講重點；直截了當地說
9. style (staɪl) n. 風格；方式　　method (ˈmɛθəd) n. 方法
   intensive (ɪnˈtɛnsɪv) adj. 密集的
   crime (kraɪm) n. 罪；犯罪

自我介紹

☐ **10.** I'm not just the Vocabulary Godfather.　　我不只是單字教父。

Actually, I teach everything about English.　　事實上，我教與英文有關的一切。

I am the Learn Perfect English teacher.　　我是一位教大家學最高檔英文的老師。

☐ **11.** My dream is big.　　我的夢想很大。

My wish is English for everyone.　　我希望每個人都能學好英文。

All within five years.　　全都要在五年內達成。

☐ **12.** First step, teach a million.　　第一步，教一百萬人。

Second step, teach all of China.　　第二步，教全中國的人。

Final step, teach all the world.　　最後一步，教全世界的人。

** ————————————

10. vocabulary〔vəˈkæbjəˌlɛrɪ〕*n.* 字彙
godfather〔ˈgɑdˌfɑðɚ〕*n.* 教父
actually〔ˈæktʃʊəlɪ〕*adv.* 實際上　　perfect〔ˈpɝfɪkt〕*adj.* 完美的

11. wish〔wɪʃ〕*n.* 願望
My wish is English for everyone.
= I hope that everyone can succeed in learning English.
within〔wɪðˈɪn〕*prep.* 在…之內

12. step〔stɛp〕*n.* 一步　　***a million*** 在此指 a million people（一百萬人）。
all of China 全中國的人（= all of the people of China）
final〔ˈfaɪnḷ〕*adj.* 最後的　　***the world*** 全世界；全世界的人

☐ **13**. My motto is this:
　　Progress and proceed.
　　Always move forward in life.

我的座右銘是：

要不斷進步。

人生一定要進步。

☐ **14**. I can do better.
　　I can improve.
　　I will try harder.

　【當有人批評你時，可回答這三句話】

我可以做得更好。

我可以改進。

我會更加努力。

☐ **15**. I'll never stop.
　　I'll teach till the day I drop.
　　Old teachers never die.

我絕不會停止。

我會教到我倒下去的那一天。

老教師的精神會流傳下去，

永遠不死。

** ───────────

13. motto〔'mɑto〕*n.* 座右銘
　　progress〔prə'grɛs〕*v.* 進步
　　proceed〔prə'sid〕*v.* 前進；進步　　move〔muv〕*v.* 移動
　　forward〔'fɔrwəd〕*adv.* 向前　　***move forward*** 前進；進步
14. improve〔ɪm'pruv〕*v.* 改善；進步　　try〔traɪ〕*v.* 嘗試；努力
　　hard〔hɑrd〕*adv.* 努力地　　***try harder*** 更加努力
15. never〔'nɛvə〕*adv.* 絕不　　drop〔drɑp〕*v.* 倒下
　　Old teachers never die. 源自麥克阿瑟演講中的名言：Old
　　soldiers never die; they just fade away.（老兵不死，
　　只是凋零。）

□ **16.** I've taught over fifty years!　　我已經教了超過五十年！
I've researched and learned　　我已經做了許多研究，並且學
so much.　　習了很多。
It's our duty to carry this　　我們有責任把這一切繼續傳承
on.　　下去。

□ **17.** My movement can't stop.　　我的運動不能停。
My methods will never end.　　我的方法絕不會結束。
Fifty years of research　　五十年的研究不會付諸流水。
won't go down the drain.

□ **18.** I am set for life.　　我這輩子什麼都有了。
I have almost everything.　　我幾乎什麼都有了。
All I need is great teachers.　　我所需要的就是好的老師。

**

16. research 〔 rɪˈsɝtʃ , ˈrisɝtʃ 〕 v. n. 研究
duty 〔ˈdjutɪ 〕 n. 責任　　***carry on*** 繼續；接棒繼續
17. movement 〔ˈmuvmənt 〕 n. 運動；活動
method 〔ˈmɛθəd 〕 n. 方法　　drain 〔 dren 〕 n. 排水溝
down the drain 被浪費掉；化爲烏有
18. ***be set for life*** 爲有生之年準備足夠的錢
I'm set for life.
= I have everything I need for the rest of my life.
great 〔 gret 〕 adj. 很棒的

drain

自我介紹

☐ **19.** Fans energize me. 　　粉絲使我充滿活力。

Followers excite me. 　　追隨者使我感到興奮。

I love to write, talk, and chat. 　　我很愛寫作、說話，和聊天。

☐ **20.** I love communicating. 　　我喜愛和人溝通。

I could talk all day. 　　我可以整天一直說。

I never feel tired or beat. 　　我從不覺得疲倦或筋疲力盡。

☐ **21.** I enjoy interacting. 　　我喜歡和人互動。

Fans and friends make it fun. 　　粉絲和朋友使這一切變得有趣。

You'll never be alone. 　　你絕不會孤單。

** ——————————————

19. fan〔fæn〕 *n.* 迷；粉絲

energize〔'ɛnə͵dʒaɪz〕 *v.* 使有活力

follower〔'faloə〕 *n.* 追蹤者；追隨者　　excite〔ɪk'saɪt〕 *v.* 使興奮

Followers excite me.

= Followers stimulate me.（追隨者能激勵我。）

chat〔tʃæt〕 *v.* 聊天

20. communicate〔kə'mjunə͵ket〕 *v.* 溝通

I love communicating. = I love interacting.（我喜愛和人互動。）

tired〔taɪrd〕 *adj.* 疲倦的　　beat〔bit〕 *adj.* 筋疲力盡的

21. interact〔͵ɪntə'ækt〕 *v.* 相互交流；互動

fun〔fʌn〕 *adj.* 有趣的　　alone〔ə'lon〕 *adj.* 單獨的；孤單的

自我介紹

22. I love Chinese first.
It's my native tongue.
I also worship English.

我最愛的是中文。
它是我的母語。
我也非常喜愛英文。

【有人説不想學英文時，可説這三句】

23. English study lifts me up.
I gain energy from it.
I gain strength, too.

學英文能鼓舞我。
我能從中得到活力。
我也能得到力量。

24. I'm so fortunate.
I really feel blessed.
I'm a lucky dog.

我非常幸運。
我真的覺得很幸福。
我是個非常幸運的人。

【這是幽默的説法】

** ——————————————

22. first〔fɝst〕*adv.* 首要地；最
native〔'netɪv〕*adj.* 出生地的；本國的
tongue〔tʌŋ〕*n.* 舌頭；語言
native tongue 母語（＝*mother tongue* ＝*native language*）
worship〔'wɝʃɪp〕*v.* 崇拜；非常喜愛（＝*adore*）

23. study〔'stʌdɪ〕*n.* 學習；研究　　lift〔lɪft〕*v.* 舉起
lift sb. up 鼓舞某人；讓某人有信心
gain〔gen〕*v.* 獲得　　energy〔'ɛnɚdʒɪ〕*n.* 活力；精力；能量
strength〔strɛŋθ〕*n.* 力量

24. so〔so〕*adv.* 很；非常　　fortunate〔'fɔrtʃənɪt〕*adj.* 幸運的
bless〔blɛs〕*v.* 祝福　　***lucky dog*** 幸運兒

☐ **25.** Growing up is a great thing.
I don't feel bad about getting
old.
I enjoy my life now with
more fans.

長大是一件很棒的事。
我不會因為變老而覺得不愉
快。
我很喜歡現在的生活，因為
有比以前多的粉絲。

☐ **26.** I just bought a new Tesla car.
Its inventor, Elon Musk, is
amazing.
He's a forward thinker.

我剛剛買了一部特斯拉新車。
它的發明人伊隆‧馬斯克很
了不起。
他的思想很先進。

☐ **27.** Solar power is here now.
Electric cars will take over.
My learning method is also
the modern way.

現在已經有太陽能了。
電動車會取得主導地位。
我的學習方法也是很現代化。

** ――――――――――――

25. ***grow up*** 長大　　great〔gret〕*adj.* 很棒的
26. Tesla〔'tɛslə〕*n.* 特斯拉　　inventor〔ɪn'vɛntɚ〕*n.* 發明者
Elon Musk〔'ilən 'mʌsk〕*n.* 伊隆‧馬斯克
amazing〔ə'mezɪŋ〕*adj.* 驚人的；很棒的
forward〔'fɔrwəd〕*adj.* 面向未來的；前瞻性的
thinker〔'θɪŋkɚ〕*n.* 思想家
27. solar〔'solɚ〕*adj.* 太陽的
power〔'pauɚ〕*n.* 能量；動力　　***solar power*** 太陽能
be here 來了；到了　　electric〔ɪ'lɛktrɪk〕*adj.* 電動的
take over 接管；取而代之；取得主導地位
method〔'mɛθəd〕*n.* 方法　　modern〔'madɚn〕*adj.* 現代化的

2. 學英文的重要 (Learn English)

在網路上，有很多人拒絕學英文。
我們有責任鼓勵他們，讓他們有信心學
好英文。

☐ **28.** Learn English.
Speak English.
It's the way of the world.

要學英文。
要說英文。
這是世界的趨勢。

☐ **29.** Everyone is learning English.
Every country is teaching
English.
You must learn it, too.

每個人都在學英文。
每個國家都在教英文。

你也必須學。

☐ **30.** Start English today.
Never wait.
Tomorrow may never come.

今天就開始學英文。
絕不要等待。
明天也許永遠不會來。

** ————————

28. way〔we〕*n.* 方式；樣子　　*the world* 全世界的人
the way of the world 大家都這樣做的事；世界的趨勢
29. country〔'kʌntrɪ〕*n.* 國家
30. *Start English today.* 也可說成：Start English now. (現在就
開始學英文。) 或 Start English this moment. (這一刻就開
始學英文。)
Never wait. 也可說成：Never hesitate. (絕不要猶豫。)

☐ **31.** English is international.　　　　英文是國際性的。

English connects us all.　　　　英文把我們大家串連起來。

Make friends in every country.　要結交各國的朋友。

☐ **32.** Learning English is essential.　學英文是必要的。

It's like investing in the future.　這就像在投資未來。

It's like saving money in the　　這就像是把錢存在銀行。

bank.

☐ **33.** Learning English is a journey.　學英文是個旅程。

It lasts a lifetime.　　　　　　它會持續一生。

Learning more brings more　　學得更多，就會帶來更多的

happiness.　　　　　　　　快樂。

**————————————

31. international〔ˌɪntɚˈnæʃənḷ〕*adj.* 國際性的

connect〔kəˈnɛkt〕*v.* 連接；聯結　　***make friends*** 交朋友

32. essential〔əˈsɛnʃəl〕*adj.* 不可缺的；必要的

like〔laɪk〕*prep.* 像　　invest〔ɪnˈvɛst〕*v.* 投資 < *in* >

future〔ˈfjutʃɚ〕*n.* 未來　　save〔sev〕*v.* 存（錢）

bank〔bæŋk〕*n.* 銀行

33. journey〔ˈdʒɜnɪ〕*n.* 旅程　　last〔læst〕*v.* 持續

lifetime〔ˈlaɪfˌtaɪm〕*n.* 一生

happiness〔ˈhæpɪnɪs〕*n.* 快樂

☐ **34.** English opens doors.   英文能打開機會之門。

English create opportunities.   英文能創造機會。

English connects the world.   英文能連接全世界。

☐ **35.** English offers opportunities.   英文能提供機會。

The whole world opens up to   全世界都會為你開放。

you.

You gain respect and admiration.   你能獲尊敬與欽佩。

☐ **36.** English brings happiness.   英文能帶來快樂。

Making progress is a joy.   進步是一種喜悅。

Moving forward makes life   進步使人生更美好。

beautiful.

** ————————————

34. ***open doors*** 給人機會   create〔krɪ'et〕*v.* 創造

opportunity〔ˌɑpɚ'tjunətɪ〕*n.* 機會   connect〔kə'nɛkt〕*v.* 連接

35. offer〔'ɔfɚ〕*v.* 提供   ***open up*** 打開；開啟

gain〔gen〕*v.* 獲得   respect〔rɪ'spɛkt〕*n.* 尊敬

admiration〔ˌædmə'reʃən〕*n.* 欽佩

36. progress〔'progrɛs〕*n.* 進步   ***make progress*** 進步

joy〔dʒɔɪ〕*n.* 喜悅   move〔muv〕*v.* 移動

forward〔'fɔrwɚd〕*adv.* 向前   ***move forward*** 前進；進步

3. 學英文新方法 (New Methods)

　　背單字，不如背句子，背一句，不如背三句。句子和單字一樣，往往有好幾個意思，以三句為一組，句意明確，隨時都可以使用。

☐ **37.** Use my methods.
Speak in threes.
Talk in triples.

要用我的方法。
要三句三句地說。
要一次說三句。

☐ **38.** Learning a single sentence is easy.
It's also easy to forget.
Moreover, you don't know when
　　to use it.

學單獨一句很簡單。
那樣也很容易忘記。
而且你會不知道何時使用。

☐ **39.** Bind three sentences together.
You strengthen long-term memory.
It's easier to retain and recall them.

將三個句子綁在一起。
你會強化長期記憶。
這樣更容易記得及想起。

學英文新方法

** ————————————

37. method〔ˋmɛθəd〕*n.* 方法　　***in threes*** 三個三個地；三個一組
triple〔ˋtrɪpl̩〕*n.* 三個一組
38. single〔ˋsɪŋgl̩〕*adj.* 單獨的；單一的　moreover〔morˋovɚ〕*adv.* 此外
39. bind〔baɪnd〕*v.* 綁
bind *sth.* ***together*** 把…捆在一起 (= *link sth. together*)
strengthen〔ˋstrɛŋθən〕*v.* 加強　long-term〔ˌlɔŋˋtɝm〕*adj.* 長期的
memory〔ˋmɛmərɪ〕*n.* 記憶；記憶力
retain〔rɪˋten〕*v.* 保留；記得　recall〔rɪˋkɔl〕*v.* 回想；想起

☐ **40.** Always speak in threes.　　　　　一定要一次說三句。
　　　Always answer in threes.　　　　　一定要一次回答三句。
　　　Your English will impress.　　　　你的英文會令人佩服。

☐ **41.** Speak with ease.　　　　　　　　說話要輕鬆。
　　　Talk with style.　　　　　　　　　談話要有風度。
　　　Triple talk is the best method.　　一次說三句是最好的方法。

☐ **42.** Master my method.　　　　　　　要把我的方法學好。
　　　Make headway.　　　　　　　　　要進步。
　　　Do better, go higher, get　　　　　要做得更好、走得更高、
　　　stronger.　　　　　　　　　　　　變得更強。

** ————————————————————

40. *in threes* 三個一組
　　impress〔ɪmˋprɛs〕*v.* 令人佩服
41. ease〔iz〕*n.* 容易；輕鬆　　*with ease* 容易地；輕鬆地
　　style〔staɪl〕*n.* 風格；風度　　triple〔ˋtrɪpl̩〕*n.* 三個一組
　　talk〔tɔk〕*n.* 談話　　method〔ˋmɛθəd〕*n.* 方法
42. master〔ˋmæstɚ〕*v.* 精通；熟練
　　headway〔ˋhɛdˏwe〕*n.* 前進；進步
　　make headway 前進；進展
　　go higher 走得更高　　strong〔strɔŋ〕*adj.* 強壯的；強的

43. My system is a shortcut.
   You combine and group
      sentences.
   You save time and learn fast.

我的方法是捷徑。
你可以把句子組合起來。

你能節省時間並快速學習。

44. Don't memorize single words.
   It's not really that useful.
   You often forget them anyway.

不要背個別的單字。
那不是真的那麼有用。
你還是會常常忘記。

45. Instead, memorize sentences.
   You can use them every day.
   The shorter, the better.

要改背句子。
你可以每天使用它們。
句子越短越好。

** ——————

43. system〔'sɪstəm〕n. 系統；方法
   shortcut〔'ʃɔrtˌkʌt〕n. 捷徑
   combine〔kəm'baɪn〕v. 結合；組合
   group〔grup〕v. 把…聚集；把…分類

shortcut

save〔sev〕v. 節省

44. memorize〔'mɛməˌraɪz〕v. 背誦；記憶
   single〔'sɪŋgl̩〕adj. 單一的
   anyway〔'ɛnɪˌwe〕adv. 無論如何；還是；仍然

45. instead〔ɪn'stɛd〕adv. 取而代之；作為代替
   「the + 比較級…the + 比較級」表「越…就越～」。

☐ **46.** My method is solid. 　　　　我的方法非常好。
　　　My program is perfect. 　　　我的課程很完美。
　　　Triple talk is a wonderful 　　一次說三句是個很棒的方式。
　　　　way.

☐ **47.** Just say things in threes. 　　要一次說三句。
　　　Say something three ways. 　要用三種方式說話。
　　　Speaking more increases 　　多說一點能增加學習的速度。
　　　　learning speed.

☐ **48.** Speak like crazy. 　　　　要拼命地說。
　　　Write like hell. 　　　　　要拼命地寫。
　　　Continue, keep going, 　　　要繼續、要堅持下去,絕不
　　　　nonstop. 　　　　　　　停止。

** ————————————————

^{46.} method (ˈmɛθəd) *n.* 方法
　　solid (ˈsɑlɪd) *adj.* 可靠的;極好的
　　program (ˈprogræm) *n.* 節目;課程
　　perfect (ˈpɝfɪkt) *adj.* 完美的　　triple (ˈtrɪpl̩) *n.* 三個一組
　　wonderful (ˈwʌndəfəl) *adj.* 很棒的
^{47.} *in threes* 三個一組　　*(in) three ways* 用三種方式
　　increase (ɪnˈkris) *v.* 增加　　speed (spid) *n.* 速度
^{48.} *like crazy* 拼命地　　hell (hɛl) *n.* 地獄
　　like hell 拼命地　　continue (knˈtɪnju) *v.* 繼續
　　keep going 堅持下去
　　nonstop (ˈnɑnˈstɑp) *adv.* 不休息地;不斷地

☐ **49**. Focus on the frequent.　　要專注於常見的句子。

Just learn everyday sentences.　只要學常用的句子。

Just learn what natives really　只要學當地人真正會說的話。
say.

☐ **50**. Learn only the useful.　　　只學有用的。

Learn only what works.　　　只學有效果的。

Learn only what you can say　只學你能立刻說的話。
right away.

☐ **51**. That's what I did.　　　　那就是我在做的。

I followed native speakers.　我密切注意以英文為母語的人。

I copied and picked their　　我模仿並吸取他們的知識。
brains.

學英文新方法

** ————————————————

49. *focus on* 專注於　　frequent〔'frikwənt〕*adj.* 經常發生的；常見的
the + 形容詞 = 複數名詞
the frequent 常見的事物
everyday〔'ɛvrɪ,de〕*adj.* 日常的；常用的
native〔'netɪv〕*n.* 當地居民

50. *the useful* 有用的東西 (= *useful things*)
work〔wɜk〕*v.* 有效；行得通　　*right away* 立刻

51. follow〔'fɑlo〕*v.* 追蹤；追隨；密切注意
native speaker 說母語的人　　copy〔'kɑpɪ〕*v.* 模仿
pick one's brains 向某人請教；吸取某人的知識

□ **52.** Don't learn at random.　　　　不要亂學。

Learn useful English.　　　　要學有用的英語。

Learn what you can use now.　　　學你現在可以用得到的。

□ **53.** Learn daily expressions.　　　　學日常用語。

Learn daily street talk.　　　　學日常生活用語。

That's what I offer you.　　　　那就是我提供給你們的。

□ **54.** Try this method.　　　　試試這個方法。

You'll talk like a native.　　　　你說起話來會像當地人。

Make this site your home.　　　　把這個網站當作你的家。

學英文新方法

**

52. random〔'rændəm〕*adj.* 漫無目的的；隨便的

at random 隨便地；漫無目的地

53. daily〔'delɪ〕*adj.* 每天的

expression〔ɪk'sprɛʃən〕*n.* 詞語

daily expression 日常用語

street talk 街頭慣用語；生活用語　　offer〔'ɔfɚ〕*v.* 提供

54. method〔'mɛθəd〕*n.* 方法　　native〔'netɪv〕*n.* 當地居民

make〔mek〕*v.* 使成為　　site〔saɪt〕*n.* 網站（= *website*）

☐ **55.** My method is simple.
Just follow my words.
Just recite, repeat, and
    remember.

我的方法很簡單。
只要模仿我說的話。
只要朗誦、重複地唸，並
且記下來。

☐ **56.** Repetition is the key.
Repeat over and over.
Recite it again and again.

重複唸是關鍵。
要一再地重複唸。
要一再地朗誦。

☐ **57.** Master every sentence.
Memorize every word.
Make learning perfect English
    super easy.

要精通每一個句子。
要背下每一句話。
要使學習最好的英語變得
超級容易。

學英文新方法

** ———————————

55. follow〔'fɑlo〕*v.* 聽從；仿效；模仿
words〔wɝdz〕*n. pl.* 言詞；話
recite〔rɪ'saɪt〕*v.* 朗誦　　repeat〔rɪ'pit〕*v.* 重複唸
56. repetition〔,rɛpɪ'tɪʃən〕*n.* 重複；重說　　key〔ki〕*n.* 關鍵
over and over 一再地　　*over and over* 一再地；再三地
57. master〔'mæstɚ〕*v.* 精通；熟練
memorize〔'mɛmə,raɪz〕*v.* 背誦；記憶
word〔wɝd〕*n.* 字；話
perfect〔'pɝfɪkt〕*adj.* 完美的
super〔'supɚ〕*adv.* 極其；非常；超

☐ **58.** Forget old book English.
Forget grammar books.
Study my everyday triple
　　talk.

不要再學老式的書本英語。
不要再用文法書了。
要學習我三句一組的日常
會話。

☐ **59.** Stop wasting time.
Stop using the wrong methods.
Stop repeating the same
　　mistakes.

不要再浪費時間。
不要再用錯誤的方法。
不要再重複相同的錯誤。

☐ **60.** Close your books.
Open your mouth.
Eat, drink, and dream in
　　English!

合上你的書。
打開你的嘴巴。
吃東西、喝飲料，連做夢
都要用英文！

學英文新方法

** —————————————

58. grammar〔'græmɚ〕*n.* 文法
everyday〔'ɛvrɪ,de〕*adj.* 日常的；常用的
triple〔'trɪpl̩〕*n.* 三個一組
talk〔tɔk〕*n.* 談話；特定說話方式

59. method〔'mɛθəd〕*n.* 方法
repeat〔rɪ'pit〕*v.* 重複
mistake〔mə'stek〕*n.* 錯誤

REPEAT

60. mouth〔maʊθ〕*n.* 嘴巴　　in〔ɪn〕*prep.* 用…（語言）

□ **61.** Learning English is like
　　 technology.

學英文就像是科技。

　　 The fast methods will beat the
　　 slow.

快速的方法會勝過慢的。

　　 We must change or fall behind.

我們必須改變，否則就會落後。

□ **62.** Learn new technology with me.

和我一起學新的科技。

　　 My triple learning method is
　　 an invention.

我的三句一組學習法是一項
發明。

　　 My sentences and writing are
　　 innovations.

我的句子和著作都是創新。

□ **63.** The future is now.

未來就在眼前。

　　 We all must adapt.

我們全都必須適應。

　　 We must adopt new methods
　　 like mine.

我們必須採用像我這種新的
方法。

學英文新方法

** ——————————

61. technology〔tɛk'nɑlədʒɪ〕*n.* 科技　　beat〔bit〕*v.* 打敗；勝過
　　 or〔ɔr〕*conj.* 否則　　***fall behind*** 落後

62. invention〔ɪn'vɛnʃən〕*n.* 發明
　　 writing〔'raɪtɪŋ〕*n.* 著作；作品
　　 innovation〔͵ɪnə'veʃən〕*n.* 創新；新觀念；新方法

63. ***The future is now.***
　　 = The future that we have imagined is happening now.
　　　（我們想像的未來現在出現了。）
　　 adapt〔ə'dæpt〕*v.* 適應　　adopt〔ə'dɑpt〕*v.* 採用

4. 網站的特色 (About Our Site)

現在在捷運上，沒有人在看書了，都是在看手機。玩手機會空虛，應該用手機學英文，在網路上用英文與人交談，會使自己英文越來越進步，進步會有成就感，使人快樂。

1. 用手機學英文是趨勢

☐ 64. The world is changing fast.
Technology is speeding ahead.
We must learn quick or lose out.

世界正在快速地改變。
科技正在快速地進步。
我們必須趕快學習，否則就會失敗。

☐ 65. Everything is modernizing.
Everything is developing quickly.
We must continue learning to stay ahead.

一切事物都在現代化。
一切都發展得很快。
我們必須繼續學習，才能保持領先。

☐ 66. We must keep abreast.
We can't get left behind.
We can't become extinct like dinosaurs.

我們必須跟上時代。
我們不能落後。
我們不能像恐龍一樣絕種。

**

64. technology〔tɛkˋnɑlədʒɪ〕n. 科技　　speed〔spid〕v. 迅速前進
ahead〔əˋhɛd〕adv. 向前方　　quick〔kwɪk〕adv. 快速地 (= *quickly*)
or〔ɔr〕conj. 否則　　*lose out* 輸掉；失敗
65. modernize〔ˋmɑdən͵aɪz〕v. 現代化　　develop〔dɪˋvɛləp〕v. 發展
continue〔kənˋtɪnju〕v. 繼續　　*stay ahead* 保持領先
66. abreast〔əˋbrɛst〕adv. 並列地；並排地
keep abreast 跟上時代　　*get left behind* 落後
extinct〔ɪkˋstɪŋkt〕adj. 絕種的　　dinosaur〔ˋdaɪnə͵sɔr〕n. 恐龍

☐ 67. All English learners must use technology.
We have to be ready and prepared.
Work together with me on my site.

所有學英文的人都必須使用現代科技。
我們必須好好準備。
在我的網站上和我一起努力。

☐ 68. New inventions come every day.
New innovations happen everywhere.
You'll find the very best on my site.

新的發明每天都出現。
創新的事物到處都有。
在我的網站你會找到最好的。

☐ 69. You only need phone videos.
Just follow the native speakers.
You don't have to go anywhere.

你只需要手機裡的影片。
只要跟著以英文為母語的人就對了。
你不需要去任何地方。

** ────────────

67. technology〔tɛk'nɑlədʒɪ〕n. 科技
prepared〔prɪ'pɛrd〕adj. 準備好的
work together 合作　　site〔saɪt〕n. 網站（= website）
68. invention〔ɪn'vɛnʃən〕n. 發明　　come〔kʌm〕v. 出現
innovation〔ˌɪnə'veʃən〕n. 創新
happen〔'hæpən〕v. 發生；出現　　**the very best** 最好的
69. phone〔fon〕n. 電話【在此指 cell phone（手機）】
video〔'vɪdɪˌo〕n. 影片　　follow〔'falo〕v. 跟隨；追蹤；關注
native〔'netɪv〕adj. 本地的　　**native speaker** 說母語的人

網站的特色

□ **70.** Online learning is hot.
Phone learning is cutting-edge!
That's why my site is here for
  you.

線上學習很熱門。
用手機學習是最先進的！
那就是為什麼我的網站會
在這裡的原因。

□ **71.** Learn new methods.
Master new techniques.
My site is your ticket to English
  success.

要學新方法。
要學好新的技術。
我的網站是你學好英文的
門票。

□ **72.** Try our site.
You'll change your life.
You'll be happy you did!

試試我們的網站。
你會改變你的一生。
你以後會很高興你曾經這
麼做！

網站的特色

** ─────────────

70. online〔‚ɑn'laɪn〕*adj.* 線上的；網路上的
hot〔hɑt〕*adj.* 熱門的
phone〔fon〕*n.* 電話【在此指 cell phone（手機）】
cutting-edge〔‚kʌtɪŋ'ɛdʒ〕*adj.* 領先的；最新的；尖端的
site〔saɪt〕*n.* 網站（= *website*）

71. method〔'mɛθəd〕*n.* 方法　　master〔'mæstə〕*v.* 精通
technique〔tɛk'nik〕*n.* 技巧；技術　　ticket〔'tɪkɪt〕*n.* 門票
the ticket to sth. 獲取某物的管道　　success〔sək'sɛs〕*n.* 成功

72. try〔traɪ〕*v.* 嘗試　　change〔tʃendʒ〕*v.* 改變

2. 網站的內容

☐ **73.** My lessons are up to date.　　　　　　我的課程是最新的。

　　My material is no-nonsense.　　　　　我的資料是務實嚴肅的。

　　We teach only what you need.　　　　　我們只教你需要的。

☐ **74.** We focus on you.　　　　　　　　　我們的焦點在你身上。

　　Be a perfect English speaker.　　　　要把英文說得很好。

　　Be a great test-taker, too.　　　　　也要成爲考試高手。

☐ **75.** We focus on your needs.　　　　　　我們專注於你的需求。

　　We practice speaking and writing.　　我們練習口說和寫作。

　　You'll learn speaking, writing,　　　你將學會口說、寫作，和

　　　and testing.　　　　　　　　　　參加考試。

** ─────────────

73. ***up to date*** 最新的；流行的

　　material〔məˈtɪrɪəl〕*n.* 材料；資料

　　no-nonsense〔ˈnoˈnɑnsɛns〕*adj.* 務實嚴肅的；講究實際的

74. focus〔ˈfokəs〕*v.* 聚焦；集中

　　focus on 把焦點對準；專注於

　　perfect〔ˈpɝfɪkt〕*adj.* 完美的　　great〔gret〕*adj.* 很棒的

　　test-taker〔ˈtɛstˌtekɚ〕*n.* 考生（= *test taker*）

75. need〔nid〕*n.v.* 需要　　practice〔ˈpræktɪs〕*v.* 練習

　　test〔tɛst〕*v.* 測驗；接受測驗

網站的特色

76. My site content is special. 我的網站內容很特別。
Our English is spirited. 我們的英文很活潑。
Our sentences are warm and 我們的句子很溫暖，而且
emotional. 很感人。

77. Our perfect English is alive. 我們完美的英語是活的。
It's active and authentic. 它是活躍而且真實的。
It's not boring book English. 它不是無聊的書本英語。

78. We just copy everyday speech. 我們完全複製日常用語。
We only teach what is spoken. 我們只教大家會說的。
Our sentences are carefully 我們的句子都是精心挑選
selected. 過的。

**

76. site 〔 saɪt 〕 *n.* 網站 (= *website*)　　content 〔ˈkɑntɛnt 〕 *adj.* 內容
spirited 〔ˈspɪrɪtɪd 〕 *adj.* 有精神的；活潑的
warm 〔 wɔrm 〕 *adj.* 溫暖的；熱情的；真誠的
emotional 〔 ɪˈmoʃənḷ 〕 *adj.* 訴諸感情的；感動人的
77. perfect 〔ˈpɝfɪkt 〕 *adj.* 完美的　　alive 〔 əˈlaɪv 〕 *adj.* 活的
active 〔ˈæktɪv 〕 *adj.* 活躍的
authentic 〔 ɔˈθɛntɪk 〕 *adj.* 真正的；真實的
boring 〔ˈborɪŋ 〕 *adj.* 無聊的
78. just 〔 dʒʌst 〕 *adv.* 完全；真地　　copy 〔ˈkɑpɪ 〕 *v.* 複製
everyday 〔ˈɛvrɪˈde 〕 *adj.* 每天的；日常的
speech 〔 spitʃ 〕 *n.* 言語；說的話　　*everyday speech* 日常用語
carefully 〔ˈkɛrfəlɪ 〕 *adv.* 仔細地　　select 〔 səˈlɛkt 〕 *v.* 選擇；挑選

網站的特色

☐ **79.** We teach the English you need.　　　我們教的是你需要的英語。

It's heartfelt and sincere.　　　　　　它是非常真誠的。

Our sentences are full of passion.　　我們的句子充滿了熱情。

☐ **80.** We teach humorous English.　　　　　我們教幽默的英語。

We like fun and popular talk.　　　　　我們喜歡有趣又流行的談話。

Learn funny idioms and jokes,　　　　也要學習好玩的片語和笑
too.　　　　　　　　　　　　　　　　話。

☐ **81.** You seldom find our English in a　　　你很少在書本中找到我們的
book.　　　　　　　　　　　　　　　英語。

We teach everyday heart-and-soul　　我們教的是真心真意的日常
English.　　　　　　　　　　　　　英語。

It's spiritual, positive, and　　　　　它是崇高、正面，而且有禮
polite.　　　　　　　　　　　　　貌的。

＊＊────────────

79. heartfelt〔'hɑrt,fɛlt〕*adj.* 衷心的；誠摯的；真誠的
sincere〔sɪn'sɪr〕*adj.* 真誠的　　***be full of*** 充滿了
passion〔'pæʃən〕*n.* 熱情

80. humorous〔'hjumərəs〕*adj.* 幽默的　　fun〔fʌn〕*adj.* 有趣的
popular〔'pɑpjələ˞〕*adj.* 流行的　　funny〔'fʌnɪ〕*adj.* 好玩的
idiom〔'ɪdɪəm〕*n.* 片語　　joke〔dʒok〕*n.* 笑話

81. everyday〔'ɛvrɪ'de〕*adj.* 日常的
heart-and-soul〔'hɑrt,ənd'sol〕*adj.* 全心全意的；真心真意的
spiritual〔'spɪrɪtʃəl〕*adj.* 精神上的；神聖的；崇高純潔的
positive〔'pɑzətɪv〕*adj.* 正面的；積極的；樂觀的
polite〔pə'laɪt〕*adj.* 有禮貌的

□ 82. Time is precious.　　　　　時間很珍貴。

We hate wasting time.　　　　我們討厭浪費時間。

We want quick results.　　　　我們想要很快就有效果。

□ 83. We're the fastest.　　　　　我們是最快的。

We're the easiest.　　　　　我們是最容易的。

We're the most fun way to　　　我們是最有趣的學習方式。
learn.

□ 84. We're teaching perfect　　　我們教的是很好的英語。
English.

You're learning beautiful　　　你正在學的是優美的英語。
English.

It's full of emotion and　　　它充滿了感情和善意。
kindness.

網站的特色

** ——————————

82. precious〔'prɛʃəs〕adj. 珍貴的　　hate〔het〕v. 討厭
quick〔kwɪk〕adj. 快的　　result〔rɪ'zʌlt〕n. 成果；效果

83. fun〔fʌn〕adj. 有趣的　　way〔we〕n. 方式

84. perfect〔'pɝfɪkt〕adj. 完美的　　***be full of*** 充滿了
emotion〔ɪ'moʃən〕n. 情緒；感情
kindness〔'kaɪndnɪs〕n. 仁慈；好意；善意

□85. What is perfect English?　什麼是最好的英語？
It's natural and mistake-free.　它是自然而且沒有錯誤的。
It's correct, clear, and concise.　它是正確、清楚，而且簡明的。

□86. Great English is accurate.　好的英語是正確的。
Ideal English is articulate.　理想的英語是發音清晰的。
My site makes talking easy.　我的網站能讓說英語變容易。

□87. Perfect English is frequently used.　最好的英語是經常使用的。
It's humble and modest.　它是非常謙虛的。
It's positive, polite, and upbeat.　它是正面、有禮貌，而且樂觀的。

**

85. natural (ˈnætʃərəl) *adj.* 自然的
mistake-free (məˈstekˈfri) *adj.* 沒有錯誤的
concise (kənˈsaɪs) *adj.* 簡明的

86. great (gret) *adj.* 極好的；很棒的
accurate (ˈækjərɪt) *adj.* 正確的　ideal (aɪˈdiəl) *adj.* 理想的
articulate (ɑrˈtɪkjəlɪt) *adj.* (發音) 清晰的　site (saɪt) *n.* 網站
87. frequently (ˈfrikwəntlɪ) *adv.* 經常
humble (ˈhʌmbḷ) *adj.* 謙虛的　modest (ˈmɑdɪst) *adj.* 謙虛的
positive (ˈpɑzətɪv) *adj.* 正面的；積極的；樂觀的
polite (pəˈlaɪt) *adj.* 有禮貌的
upbeat (ˈʌpˌbit) *adj.* 樂觀的 (= *optimistic*)

網站的特色

3. 關注我的網站

□ **88.** Our site is my life.
I'm online all day and all night!
You can reach me anytime.

我們的網站是我的生命。
我日夜都在線上！
你可以隨時和我連絡。

□ **89.** Join our site.
Join like-minded people.
Make some real cool friends.

加入我們的網站。
和志同道合的人在一起。
結交一些真的很酷的朋友。

□ **90.** Seek progress.
Seek improvement.
Be your very best on our site.

要尋求進步。
要尋求改進。
要在我們的網站上做最好的
自己。

網站的特色

** ——————————————

88. site〔saɪt〕*n.* 網站（= *website*）
online〔͵ɑn'laɪn〕*adv.* 在線上；在網路上
reach〔ritʃ〕*v.* 連絡　　anytime〔'ɛnɪ͵taɪm〕*adv.* 在任何時候
89. join〔dʒɔɪn〕*v.* 加入
like-minded〔'laɪk'maɪndɪd〕*adj.* 志趣相投的；
　　看法相同的　　*make friends* 交朋友
real〔'riəl〕*adv.* 真正地；非常　　cool〔kul〕*adj.* 酷的
90. seek〔sik〕*v.* 尋求　　progress〔'prɑgrɛs〕*n.* 進步
improvement〔ɪm'pruvmənt〕*n.* 改善；進步
the very best 最好的

□ **91.** My site is a chatroom.　　　我的網站是個聊天室。
It's better than a classroom.　它比教室還好。
We are a big community.　　我們是個大的社群。

□ **92.** Our site is a learning
community.　　　　　　我們的網站是個學習的社
群。
All are welcome.　　　　　我們歡迎所有人。
Make us your new English　要使我們成為你新的英文
home.　　　　　　　　的家。

□ **93.** You don't need to go abroad.　你不需要出國。
You don't need a foreign teacher.　你不需要外國老師。
You only need online sites like　你只需要像我們這樣線上
mine.　　　　　　　　的網站。

**　*** ─────────────────

91. site〔saɪt〕*n.* 網站（= *website*）
chatroom〔'tʃæt͵rum〕*n.* 聊天室（= *chat room*）
classroom〔'klæs͵rum〕*n.* 教室
community〔kə'mjunətɪ〕*n.* 社區；社群
92. welcome〔'wɛlkəm〕*adj.* 受歡迎的
make〔mek〕*v.* 使成為
93. abroad〔ə'brɔd〕*adv.* 到國外　***go abroad*** 出國
foreign〔'fɔrɪn〕*adj.* 外國的
online〔͵ɑn'laɪn〕*adj.* 線上的；網路上的

94. We have only two goals. | 我們只有兩個目標。
Make progress and improve. | 要進步和改善。
Make friends and have fun. | 要交朋友並玩得愉快。

95. On our site, you always win. | 在我們的網站上，你一定會成功。
People become dear friends. | 人們會成為親密的朋友。
They become your greatest asset. | 他們會成為你最大的資產。

96. On my site, you'll enjoy English. | 在我的網站，你可以享受英文。
You'll have fun and be happy. | 你會非常愉快。
You'll learn a lot more. | 你會學得更多。

網站的特色

** ──────────

94. goal〔gol〕*n.* 目標　　progress〔'prɑgrɛs〕*n.* 進步
make progress 進步　　improve〔ɪm'pruv〕*v.* 改善；進步
make friends 交朋友　　*have fun* 玩得愉快

95. site〔saɪt〕*n.* 網站（= *website* ）
win〔wɪn〕*v.* 贏；勝利；成功
dear〔dɪr〕*adj.* 親愛的；親密的
asset〔'æsɛt〕*n.* 資產

96. enjoy〔ɪn'dʒɔɪ〕*v.* 享受　　*a lot more* 更多

☐ **97.** Welcome to my site. 　　　歡迎來我的網站。

　　Have healthy relationships. 　要有健康的關係。

　　Have good friends. 　　　　要有很好的朋友。

☐ **98.** Be fit. 　　　　　　　　要健康。

　　Be in good shape. 　　　　要健康。

　　Exercise with my English. 　要搭配我的英語來運動。

☐ **99.** My site is healthy. 　　　我的網站很健康。

　　You exercise your brain. 　你可以運用你的頭腦。

　　You train both body and mind. 　你可以訓練你的身體和頭腦。

** ─────────────

97. site〔saɪt〕*n.* 網站　　healthy〔ˈhɛlθɪ〕*adj.* 健康的

　　relationship〔rɪˈleʃənˌʃɪp〕*n.* 關係

98. fit〔fɪt〕*adj.* 健康的　　shape〔ʃep〕*n.* 形狀；健康狀況

　　in good shape 健康狀況良好

　　exercise〔ˈɛksəˌsaɪz〕*v.* 鍛練；運動；運用

99. brain〔bren〕*n.* 大腦　　train〔tren〕*v.* 訓練

　　mind〔maɪnd〕*n.* 頭腦；大腦

exercise

4. 和我一起學英文

□ 100. My English site is my life.　　我的英文網站是我的生命。
It's my spiritual home.　　它是我的心靈歸宿。
I just love teaching here.　　我非常喜歡在這裡教大家。

□ 101. While on my site, I never get tired.　　當我在我的網站上時，我從不會疲倦。
I never feel beat.　　我絕不會覺得筋疲力盡。
English energizes me.　　英文使我充滿活力。

□ 102. English brings me joy.　　英文帶給我喜悅。
Our site reflects my happiness.　　我們的網站反映出我的快樂。
It's so fun and exciting.　　它很有趣，而且令人興奮。

網站的特色

** ——————————

100. spiritual〔'spɪrɪtʃuəl〕*adj.* 精神上的；心靈的
spiritual home 心靈歸宿
just〔dʒʌst〕*adv.* 實在；非常　　love〔lʌv〕*v.* 熱愛；喜歡

101. ***While on my site*** 是由 While I am on my site 簡化而來。
beat〔bit〕*adj.* 筋疲力盡的
energize〔'ɛnɚˌdʒaɪz〕*v.* 使精力充沛；使有活力
English energizes me. 也可說成：English electrifies me.

102. joy〔dʒɔɪ〕*n.* 喜悅；高興　　site〔saɪt〕*n.* 網站（= *website*）
reflect〔rɪ'flɛkt〕*v.* 反射；反映；顯示　　so〔so〕*adv.* 非常
fun〔fʌn〕*adj.* 有趣的　　exciting〔ɪk'saɪtɪŋ〕*adj.* 令人興奮的

□ **103.** My site is like a family.　　　我的網站就像是個大家庭。
We're a learning community.　　我們是個學習社群。
Join us to learn English fast.　　加入我們快速學英文。

□ **104.** Commit today.　　　　　　今天就要投入。
Join our group.　　　　　　要加入我們的團體。
Join our journey to master　　要加入我們學好英語的旅
　　English.　　　　　　　　程。

□ **105.** Join me on this learning　　　和我一起走上這個學習的
　　journey.　　　　　　　　旅程。
Become a learning family　　要成為一個學習的家庭成
　　member.　　　　　　　　員。
Mastering English is so much　　學好英文很有趣。
　　fun.

網站的特色

** ——————————

103. site〔saɪt〕*n.* 網站（= *website*）
community〔kə'mjunətɪ〕*n.* 社區；社群
join〔dʒɔɪn〕*v.* 加入
104. commit〔kə'mɪt〕*v.* 致力於；投入
group〔grup〕*n.* 群；團體　　journey〔'dʒɝnɪ〕*n.* 旅程
master〔'mæstɚ〕*v.* 精通；熟練
105. member〔'mɛmbɚ〕*n.* 成員　　fun〔fʌn〕*n.* 樂趣

□ **106.** Learn perfect English.　　　　要學最好的英語。
Learn everything you need.　　要學你需要的一切。
It's all on my site every day.　　這全都每天在我的網站上。

□ **107.** Make my site your home base.　　讓我的網站成為你的總部。
Make it your English
　headquarters.　　　　　　　　讓它成為你的英文總部。
So many are waiting here for
　you.　　　　　　　　　　　　這裡有很多人正等待著你。

□ **108.** We have teachers from all
　around the world.　　　　　　我們有來自世界各地的老
　　　　　　　　　　　　　　　師。
We have students from
　everywhere, too.　　　　　　我們也有來自各地的學生。
Make my site your global
　English home.　　　　　　　　要讓我的網站成為你的全
　　　　　　　　　　　　　　　球英語之家。

網站的特色

** ───────────────────

106. perfect〔'pɜfɪkt〕*adj.* 完美的
site〔saɪt〕*n.* 網站（= *website*）

107. make〔mek〕*v.* 使成為　　base〔bes〕*n.* 基地
home base 總部　　headquarters〔'hɛd'kwɔrtɚz〕*n.* 總部
many〔'mɛnɪ〕*pron.* 很多人（= *many people*）

108. **from all around the world** 來自世界各地
global〔'globḷ〕*adj.* 全球的

☐ **109.** Make a daily stop. 　　　　　　每天都要來停留一下。

Make my site part of your 　　　　要使我的網站成爲你例行公

routine. 　　　　　　　　　　事的一部份。

Follow me to succeed. 　　　　　追隨我就能成功。

☐ **110.** Get involved. 　　　　　　　　要參與。

Get engaged. 　　　　　　　　　要參與。

I teach three classes a day. 　　我一天教三堂課。

☐ **111.** Take part. 　　　　　　　　　要參與。

Join in. 　　　　　　　　　　　要參加。

Be in it to win it. 　　　　　　你必須參加才能贏。

＊＊ —————————————————

109. *make a stop* 停止；停留　　site〔saɪt〕*n.* 網站（= *website*）
daily〔'delɪ〕*adj.* 每天的　　make〔mek〕*v.* 使成爲
(a) part of …的一部份　　routine〔ru'tin〕*n.* 例行公事
follow〔'falo〕*v.* 追隨；關注；密切注意
succeed〔sək'sid〕*v.* 成功

110. involve〔ɪn'vɑlv〕*v.* 使牽涉在內；使有關連
engage〔ɪn'gedʒ〕*v.* 使參與

111. *take part* 參與；參加　　*join in* 參與；參加
be in it 參與；參加　　win〔wɪn〕*v.* 贏得
Be in it to win it. 源自 You have to be in it to win it. 也就
是 You have to participate to win.（你必須參加才能贏。）
也就是 If you don't try, you can't win.（如果你不嘗試，
就不會贏。）

網站的特色

☐ 112. Our site is far-reaching. 我們的網站影響深遠。

Our teaching is far-ranging. 我們的教學很廣泛。

We learn English for life. 我們學習實用的英文。

☐ 113. We offer dialogues. 我們提供對話。

We teach grammar. 我們教文法。

We even teach in test question 我們甚至用考題的形式

format. 教。

☐ 114. We teach real English. 我們教真正的英語。

It's bread-and-butter English. 它是基本的英語。

It's true-blue meat-and- 它是真正基本的英語。

potatoes English.

**

112. site〔saɪt〕*n.* 網站（= *website*）

far-reaching〔'fɑr'ritʃɪŋ〕*adj.* 影響深遠的

teaching〔'titʃɪŋ〕*n.* 教學　far-ranging〔'fɑr'rendʒɪŋ〕*adj.* 廣泛的

We learn English for life.

= We learn English for use in real life.

= We learn practical English.

113. offer〔'ɔfɚ〕*v.* 提供　dialogue〔'daɪə,lɔg〕*n.* 對話

grammar〔'græmɚ〕*n.* 文法　*test question* 考題

format〔'fɔrmæt〕*n.* 格式

114. bread-and-butter〔'brɛd ,ənd 'bʌtɚ〕*adj.* 基本的

true-blue〔'tru'blu〕*adj.* 真正的（= *genuine*）

meat-and-potatoes〔'mit ,ənd pə'tetoz〕*adj.* 基本的；重要的

（= *more basic or important than any other thing*）

☐ **115.** Learn from me.　　　　要跟我學習。
　　　 I'm a treasure trove.　　　我是個寶庫。
　　　 I have 50 years of precious　我有累積了五十年的珍貴寶
　　　 gems.　　　　　　　　　　物。

☐ **116.** Discover my site secret.　要發現我的網站的祕密。
　　　 It will transform you.　　它會改造你。
　　　 You'll gain energy and get　你會很有活力，並且變得更強
　　　 stronger.　　　　　　　　壯。

☐ **117.** On my site, learn like a　在我的網站，要像個嬰兒一樣
　　　 baby.　　　　　　　　　　學習。
　　　 Mimic every word.　　　模仿每一句話。
　　　 Repeat everything you hear.　重複說你聽到的一切。

** ———————————————

115. treasure〔'trɛʒɚ〕 n. 寶藏
　　 treasure trove〔'trɛʒɚ 'trov〕 n. 收藏物；寶庫
　　 precious〔'prɛʃəs〕 adj. 珍貴的　　gem〔dʒɛm〕 n. 寶石；寶物；精華
　　 I have 50 years of precious gems.
　　 ＝I have 50 years of experience.（我有五十年的經驗。）
116. discover〔dɪ'skʌvɚ〕 v. 發現
　　 site〔saɪt〕 n. 網站（＝*website*）　　secret〔'sikrɪt〕 n. 祕密
　　 transform〔træns'fɔrm〕 v. 使轉變；改造
　　 gain〔gen〕 v. 獲得　　energy〔'ɛnɚdʒɪ〕 n. 活力；精力；能量
117. mimic〔'mɪmɪk〕 v. 模仿　　word〔wɝd〕 n. 話
　　 repeat〔rɪ'pit〕 v. 重複地說

118. Learn on my site daily. 要每天在我的網站上學習。
Speak real English with our 用我們的對話說道地的英語。
  dialogues.
Double your joy and happiness. 這會讓你加倍快樂。

119. There's no pressure here. 這裡沒有壓力。
Go at your own pace. 按照你自己的步調進行。
Study fast or slow and 你可以快速學習，或穩紮穩打
  steady. 慢慢學。

120. Learn English with us. 和我們一起學英文。
Continue speaking and writing. 能持續說和寫。
Find a great job as a result. 這樣就能找到一個很棒的工作。

網站的特色

** ——————————

118. site〔saɪt〕*n.* 網站（= *website*） daily〔'delɪ〕*adv.* 每天
real〔'riəl〕*adj.* 眞的；道地的
dialogue〔'daɪə,lɔg〕*n.* 對話
double〔'dʌbḷ〕*v.* 使加倍 joy〔dʒɔɪ〕*n.* 喜悅

PRESSURE

119. pressure〔'prɛʃɚ〕*n.* 壓力 go〔go〕*v.* 進行
pace〔pes〕*n.* 步調 steady〔'stɛdɪ〕*adj.* 穩定的
slow and steady 穩紮穩打地【源自諺語：Slow and steady
  wins the race.（慢而穩者得勝。）】

120. continue〔kən'tɪnju〕*v.* 繼續；持續
great〔gret〕*adj.* 很棒的 *as a result* 結果；因此

□ **121.** My site has awesome videos.　　　　我的網站有很棒的影片。
We have hundreds of lessons.　　　　我們有數百個課程。
They cover English from A to Z.　　　它們涵蓋所有的英文。

□ **122.** Master my quality videos.　　　　　要熟悉我高品質的影片。
We have a huge collection.　　　　　我們有大量的影片。
We offer many hundreds of　　　　　我們提供數百個課程。
lessons.

□ **123.** Our content is positive.　　　　　我們的內容是正面的。
Our words are polite.　　　　　　我們說的話很有禮貌。
Our English is the most up to　　　我們的英文是最新流行
date.　　　　　　　　　　　　　　的。

** ————————————————————————

121. site〔saɪt〕*n.* 網站（= *website*）　awesome〔'ɔsəm〕*adj.* 很棒的
video〔'vɪdɪ͵o〕*n.* 影片　　***hundreds of*** 數以百計的
cover〔'kʌvɚ〕*v.* 涵蓋　　***from A to Z*** 從頭到尾；完全地
They cover English from A to Z. = They cover all English.

122. master〔'mæstɚ〕*v.* 精通；熟練　quality〔'kwɑlətɪ〕*adj.* 高品質的
huge〔hjudʒ〕*adj.* 巨大的；龐大的
collection〔kə'lɛkʃən〕*n.* 收集；一批（= *a group of things*）
offer〔'ɔfɚ〕*v.* 提供　　***hundreds of*** 數以百計的

123. content〔'kɑntɛnt〕*n.* 內容　positive〔'pɑzətɪv〕*adj.* 正面的
words〔wɝdz〕*n. pl.* 言詞；話　polite〔pə'laɪt〕*adj.* 有禮貌的
up to date 流行的；最新的

☐ **124.** My site is like a key.　　　　　　我的網站像是一把鑰匙。
It opens the door to English.　　　　它能打開通往英語的門。
Enter and learn great English.　　　要進來學習很棒的英語。

☐ **125.** We do more than teach.　　　　　　我們不只是在教書。
We open your mind.　　　　　　　我們拓展你的眼界。
We offer friendship and fun.　　　我們提供友誼和樂趣。

☐ **126.** Please use my site.　　　　　　　請利用我的網站。
Use everything I offer.　　　　　利用我所提供的一切。
All my resources are yours.　　　我所有的資源都是你的。

✳✳ ─────────────

124 site〔saɪt〕*n.* 網站 (= *website*)　　key〔ki〕*n.* 鑰匙
enter〔'ɛntɚ〕*v.* 進入　　great〔gret〕*adj.* 極好的;很棒的
125. ***more than*** 不只是　　mind〔maɪnd〕*n.* 心;想法
open* one's *mind 拓展眼界　　offer〔'ɔfɚ〕*v.* 提供
friendship〔'frɛnd,ʃɪp〕*n.* 友誼　　fun〔fʌn〕*n.* 樂趣
126. resource〔rɪ'sors〕*n.* 資源

resources

5. 菁英團隊

□ **127.** We offer free English.　　我們提供免費的英語。

It's the gift of a lifetime.　　這是個終生難得的禮物。

It's better than money or gold.　　這比金錢或黃金還好。

□ **128.** We're a free learning site.　　我們是個免費的學習網站。

We're top-notch.　　我們是頂尖的。

Soak up as much as you can.　　你要儘可能多吸收一點。

□ **129** My lessons are researched.　　我的課程都經過研究。

My videos are creative.　　我的影片都是原創的。

I selected only the best.　　我只選擇最好的。

** ────────────

127. offer〔'ɔfə〕v. 提供　　free〔fri〕adj. 免費的
lifetime〔'laɪf,taɪm〕n. 一生；終身
of a lifetime 終生難遇的；不會再有的　　gold〔gold〕n. 黃金

128. site〔saɪt〕n. 網站 (= *website*)
top-notch〔,tɑp'nɑtʃ〕adj. 頂尖的；第一流的 (= *excellent*)
soak〔sok〕v. 吸收 < *up* >
as…as one can 儘可能… (= *as…as possible*)

129. research〔rɪ'sɝtʃ〕v. 研究　　video〔'vɪdɪ,o〕n. 影片
creative〔krɪ'etɪv〕adj. 創作的；獨創的
select〔sə'lɛkt〕v. 選擇

□ **130.** I've assembled an expert team.   我組成了一個專業的團隊。

Each is a native speaker.   每個成員都是以英文為母語的人。

They are second to none.   他們不亞於任何人。

□ **131.** We aim for perfect English.   我們以學習最好的英文為目標。

We set our goals high.   我們目標訂得很高。

Mediocrity is not an option.   我們絕不能只做個半吊子。

□ **132.** Our standards are high.   我們的標準很高。

Only we require all English.   只有我們要求全英文。

Embrace our challenge and excel.   要欣然接受我們的挑戰，並且勝過別人。

網站的特色

** ——————————

130. assemble〔ə'sɛmbḷ〕*v.* 集合；召集
expert〔'ɛkspɝt〕*adj.* 熟練的；有經驗的；有專門知識的
native〔'netɪv〕*adj.* 本地的   *native speaker* 說母語的人
second to none 不亞於任何人；首屈一指；第一流的；最佳的

131. *aim for* 瞄準；致力於   perfect〔'pɝfɪkt〕*adj.* 完美的
set〔sɛt〕*v.* 設定   goal〔gol〕*n.* 目標
high〔haɪ〕*adj.* 高的   *adv.* 高；在高處
mediocrity〔ˌmidɪ'ɑkrətɪ〕*n.* 平庸   option〔'ɑpʃən〕*n.* 選擇
is not an option 是不可行的（= *is not feasible*）

132. standard〔'stændɚd〕*n.* 標準   require〔rɪ'kwaɪr〕*v.* 要求
embrace〔ɪm'bres〕*v.* 擁抱；欣然接受
challenge〔'tʃælɪndʒ〕*n.* 挑戰   excel〔ɪk'sɛl〕*v.* 勝過別人

☐ 133. Our team is top-notch.　　　　　我們的團隊是頂尖的。
　　　　We're the best of the best.　　　我們是最好的。
　　　　We're the cream of the crop.　　我們是最棒的。

☐ 134. Our team is diligent.　　　　　　我們的團隊很勤勉。
　　　　We are willing to sacrifice.　　　我們願意犧牲。
　　　　Pay the price for success with　　和我們一起為成功付出代
　　　　　us.　　　　　　　　　　　　　價。

☐ 135. My site is superior.　　　　　　我的網站很優秀。
　　　　I research every word.　　　　　我每句話都研究過。
　　　　My team checks and double　　　所有的內容我的團隊都再
　　　　　checks everything.　　　　　　三校對過。

** ————————————

133. team〔tim〕*n.* 團隊
　　　top-notch〔ˌtɑpˈnɑtʃ〕*adj.* 頂尖的；第一流的
　　　best of the best 最好的；高手中的高手；菁英中的菁英
　　　cream〔krim〕*n.* 奶油；精華　　crop〔krɑp〕*n.* 一群
134. diligent〔ˈdɪlədʒənt〕*adj.* 勤勉的
　　　willing〔ˈwɪlɪŋ〕*adj.* 願意的　　sacrifice〔ˈsækrəˌfaɪs〕*v.* 犧牲
　　　price〔praɪs〕*n.* 價格；代價
135. site〔saɪt〕*n.* 網站　　superior〔səˈpɪrɪɚ〕*adj.* 優秀的
　　　research〔rɪˈsɜtʃ,ˈrisɜtʃ〕*v.* 研究　　word〔wɝd〕*n.* 字；話
　　　double check 複核；複查；雙重校對

☐ **136.** Trust our materials. 要信任我們的資料。

Trust our videos. 要信任我們的影片。

Our experts research 全部都由我們的專家研究

everything. 過。

☐ **137.** Rely on me. 要信賴我。

Use my knowledge. 要運用我的知識。

Utilize my experience. 要利用我的經驗。

☐ **138.** Stop wishing and dreaming. 不要只是懷抱希望和夢想。

Join my team now. 現在就加入我的團隊。

You deserve English success. 你應該要成功學好英語。

網站的特色

**———

136. trust〔trʌst〕v. 信任；相信

material〔mə'tɪrɪəl〕n. 資料　　video〔'vɪdɪ͵o〕n. 影片

expert〔'ɛkspɝt〕n. 專家　　research〔rɪ'sɝtʃ, 'risɝtʃ〕v. 研究

137. *rely on* 信賴；依靠（= *depend on*）

knowledge〔'nɑlɪdʒ〕n. 知識　　utilize〔'jutḷ͵aɪz〕v. 利用

experience〔ɪk'spɪrɪəns〕n. 經驗

138. wish〔wɪʃ〕v. 抱著希望　　dream〔drim〕v. 夢想；幻想

join〔dʒɔɪn〕v. 加入　　team〔tim〕n. 團隊

deserve〔dɪ'zɝv〕v. 應得　　success〔sək'sɛs〕n. 成功

6. 要常上我的網站

□ **139**. Show up on my site.　　　　要在我的網站上出現。

　　Be sure to check in.　　　　一定要來報到。

　　Be there or be square.　　　　我們不見不散。

□ **140**. Hit my site every day.　　　每天都要來我的網站。

　　It's entertaining.　　　　它很有趣。

　　It's educational, too.　　　它也很有教育性。

□ **141**. Be like me.　　　　　　要像我一樣。

　　Follow my site daily.　　　每天關注我的網站。

　　Fall in love with English.　要和英文談戀愛。

**

139. ***show up*** 出現　　site〔saɪt〕*n.* 網站（= *website*）
be sure to V. 一定要…　　***check in*** 辦理登記手續；簽到
square〔skwɛr〕*adj.* 正方形的；古板的　*n.* 落伍的人；無趣的人
Be there or be square. 字面的意思是「你一定要去，否則你就是
　個無趣的人。」引申為「我們不見不散。」

140. hit〔hɪt〕*v.* 到達；去
entertaining〔ˌɛntɚ'tenɪŋ〕*adj.* 有趣的
educational〔ˌɛdʒə'keʃənl̩〕*adj.* 教育性的

141. like〔laɪk〕*prep.* 像　　follow〔'falo〕*v.* 密切注意
daily〔'delɪ〕*adv.* 每天　　***fall in love with*** 愛上

□ **142.** Join us daily. 要每天加入我們。
Stay all day long. 要待一整天。
We have 1,000 plus video 我們有超過一千部的影片
lessons. 課程。

□ **143.** Hang out here a lot. 要常常來這裡。
Make this site your home. 要讓這個網站成爲你的家。
Make learning English a 要眞正學習英文。
reality.

□ **144.** Spend time on my site. 要花時間在我的網站。
Just show up every day. 只要每天出現就行了。
Kill many birds with one stone. 一石多鳥；一舉多得。

網
站
的
特
色

** ────────────────

142. join〔dʒɔɪn〕v. 加入　　daily〔'delɪ〕adv. 每天
site〔saɪt〕n. 網站（= website）　　***all day long*** 一整天
plus〔plʌs〕adj. …以上的　　video〔'vɪdɪ‚o〕n. 影片
143. ***hang out*** 常去某處　　***a lot*** 常常
make〔mek〕v. 使成爲
reality〔rɪ'ælətɪ〕n. 事實；實際存在的事物
144. spend〔spɛnd〕v. 花費；度過
just〔dʒʌst〕adv. 只　　***show up*** 出現
Kill many birds with one stone. 源自諺語：Kill two birds
with one stone.（一石二鳥；一舉兩得。）

□ **145.** Welcome to my home base. 　　　　歡迎到我的總部。
　　　Hang out or stop in. 　　　　　　要常來或短暫拜訪。
　　　Learn English with friends real 　要和朋友一起快速學英文。
　　　　fast.

□ **146.** Stop at our site and stay. 　　　　要在我們的網站停留。
　　　Don't visit and leave. 　　　　　　不要來了就走。
　　　Start studying our 1,000 plus 　　要開始研究我們上傳的一
　　　　posts. 　　　　　　　　　　　千多部作品。

□ **147.** You can speak perfect English. 　你可以說最好的英語。
　　　Follow everything on my site. 　　要關注我網站上的一切。
　　　Write and watch me daily. 　　　要每天留言並看我的影片。

**————————————————

145. base〔bes〕*n.* 基地　　***home base*** 總部
　　hang out 常去某處　　***stop in*** 中途作短暫訪問
　　real〔'riəl〕*adv.* 真正地；非常地
146. stop〔stɑp〕*v.* 逗留；留下來　　stay〔ste〕*v.* 停留
　　visit〔'vɪzɪt〕*v.* 拜訪；上…網站
　　plus〔plʌs〕*adj.* …以上的
　　post〔post〕*n.* 貼文；(網路上)張貼的訊息
　　　【在此指「影片」、「作品」】
147. perfect〔'pɝfɪkt〕*adj.* 完美的
　　follow〔'fɑlo〕*v.* 追隨；追蹤；密切注意；關注
　　write〔raɪt〕*v.* 寫信給(某人)　　daily〔'delɪ〕*adv.* 每天

網站的特色

☐ **148.** Visit my site daily.
　　 We have experts here.
　　 We'll answer any question.

要每天來我的網站。
我們這裡有專家。
我們會回答任何問題。

☐ **149.** Hang around on my site.
　　 Hang out with me.
　　 You'll get the hang of English
　　　 right away.

要待在我的網站上。
要和我在一起。
你會立刻掌握學英文的訣
竅。

☐ **150.** The quarantine blocks our bodies.
　　 It can't stop our minds.
　　 Let's be together on our site
　　　 every day.

檢疫阻礙了我們的身體。
它無法阻止我們的想法。
我們要每天都在我們的網
站上相聚。

**

148. visit〔'vɪzɪt〕v. 拜訪；上⋯網站
　　 site〔saɪt〕n. 網站（= *website*）
　　 daily〔'delɪ〕*adv.* 每天　　expert〔'ɛkspɝt〕n. 專家
149. ***hang around*** 閒蕩；閒待著；待在附近
　　 hang out with 和⋯鬼混；和⋯一起玩
　　 hang〔hæŋ〕n. 處理方法；做法；竅門
　　 get the hang of 學會做⋯的技巧；掌握了⋯的竅門
　　 right away 立刻
150. quarantine〔'kwɔrən,tin〕n. 隔離；檢疫
　　 block〔blɑk〕v. 阻礙　　mind〔maɪnd〕n. 心；想法

7. 結交志同道合的朋友

☐ **151.** Join our family.　　　　　　　加入我們這個家庭。

Let's connect and unite.　　　我們要連接並且團結。

Let's cooperate and link　　　我們要合作並且連結在一起。
　　together.

☐ **152.** We must network.　　　　　　我們必須交流溝通。

We can know more people.　　我們可以認識更多人。

We can expand our circle.　　我們可以擴大我們的社交圈。

☐ **153.** On my site, we're networking.　在我的網站，我們正在交流溝通。

We are interacting.　　　　　我們正在互動。

We are building a global　　　我們正在建立一個全球的家庭。
　　family.

網
站
的
特
色

＊＊ ─────────────

151. join〔dʒɔɪn〕 v. 加入　　connect〔kə'nɛkt〕 v. 連接；聯結
unite〔ju'naɪt〕 v. 團結　　cooperate〔ko'ɑpə,ret〕 v. 合作
link〔lɪŋk〕 v. 連接；結合

152. network〔'nɛt,wɜk〕 v. 建立網路；交流溝通
expand〔ɪk'spænd〕 v. 擴大
circle〔'sɜkl̩〕 n. (人際關係的) 圈子；(交友、活動的) 範圍

153. site〔saɪt〕 n. 網站 (= website)
interact〔,ɪntə'ækt〕 v. 互動　　build〔bɪld〕 v. 建立
global〔'globl̩〕 adj. 全球的

□ 154. Our site is carefree. 我們的網站很輕鬆愉快。

We are truly like family. 我們真的像是個大家庭。

We always pull for each other. 我們總是會互相打氣。

□ 155. We're always interacting. 我們總是在互動。

Connecting and chatting. 互相聯繫和聊天。

Exchanging and sharing ideas. 交換並分享想法。

□ 156. We're doing more than 我們正在做的，不只是學
learning. 習。

We're gaining knowledge. 我們在獲得知識。

We're making friends. 我們在交朋友。

** ———————————

154. site〔saɪt〕*n.* 網站（= *website*）
carefree〔'kɛr,fri〕*adj.* 無憂無慮的；輕鬆愉快的
truly〔'trulɪ〕*adv.* 真地　　***pull for*** 打氣；鼓勵

155. interact〔,ɪntə'ækt〕*v.* 互動
connect〔kə'nɛkt〕*v.* 溝通；聯繫
chat〔tʃæt〕*v.* 聊天　　exchange〔ɪks'tʃendʒ〕*v.* 交換
share〔ʃɛr〕*v.* 分享　　idea〔aɪ'diə〕*n.* 點子；想法

156. ***more than*** 不只是　　gain〔gen〕*v.* 獲得
knowledge〔'nɑlɪdʒ〕*n.* 知識　　***make friends*** 交朋友

網站的特色

☐ **157.** On our site, we're all friends.　在網站上，我們都是朋友。

　　We're from the four corners of　我們來自全世界的各個角
　　　　the world.　落。

　　We are close pals, north, south,　我們是來自四面八方，親密
　　　　east, and west.　的朋友。

☐ **158.** My site is our site.　我的網站就是我們的網站。

　　It's our English learning home.　它是我們英語學習的家。

　　It's our launch pad to the world.　它是我們向全世界的發射台。

☐ **159.** We connect with the world.　我們和全世界連接。

　　We have friends in every country.　我們在每個國家都有朋友。

　　Join us, and you can, too.　加入我們，你也能做到。

**

157. corner〔'kɔrnɚ〕 *n.* 角落
　　four corners of the world 四面八方；五湖四海；世界的各個角落
　　close〔klos〕 *adj.* 親密的　　pal〔pæl〕 *n.* 夥伴；好友
　　north〔nɔrθ〕 *n.* 北方　　south〔sauθ〕 *n.* 南方
　　east〔ist〕 *n.* 東方　　west〔wɛst〕 *n.* 西方

158. launch〔lɔntʃ〕 *v.* 發射　　pad〔pæd〕 *n.* 墊子
　　launch pad 發射台；起點；跳板（= *launching pad*）　　pad

159. connect〔kə'nɛkt〕 *v.* 連接；連結
　　the world 世界；全世界的人　　country〔'kʌntrɪ〕 *n.* 國家
　　join〔dʒɔɪn〕 *v.* 加入
　　「祈使句, and + S. + V.」表「如果…你就會～」。

☐ **160.** We have many members.
They can be your meat and
drink.
You can talk to anyone you
like.

我們有很多成員。
他們能成爲你的精神寄
托。
你可以跟任何你喜歡的人
說話。

☐ **161.** We help each other.
We're a tremendous team.
Nothing can stop us.

我們互相幫助。
我們是了不起的團隊。
沒有什麼能阻擋我們。

☐ **162.** Join us.
We are waiting for you!
So many friends to meet!

加入我們。
我們正在等你！
有很多朋友可以認識！

網站的特色

** ——————————

160. member〔'mɛmbɚ〕 *n.* 成員
meat〔mit〕 *n.* 肉　　drink〔drɪŋk〕 *n.* 飲料
*one's **meat and drink*** 某人的精神寄托

161. ***each other*** 彼此；互相
tremendous〔trɪ'mɛndəs〕 *adj.* 巨大的；極好的
team〔tim〕 *n.* 團隊　　stop〔stɑp〕 *v.* 阻止；妨礙

162. join〔dʒɔɪn〕 *v.* 加入　　meet〔mit〕 *v.* 遇見；認識
so〔so〕 *adv.* 很；非常

drink

☐ **163.** Interact with us.　　　　　　　要和我們互動。
Network with many.　　　　　　要和很多人交流溝通。
The opportunities are unlimited.　機會無限多。

☐ **164.** Find someone to talk to.　　　要找人談話。
Find the soulmate you desire.　要找到你想要的心靈伴侶。
Look no further than my　　　只需要看我的網站。
　　website.

☐ **165.** Practice English with the world.　和全世界的人一起練習英語。
Make lots of friends, young　　要結交許多朋友，不分老
　　and old.　　　　　　　　　少。
This method is full of fun.　　這個方法充滿了樂趣。

** ─────────────

163. interact〔ˌɪntɚˈækt〕v. 互動
network〔ˈnɛtˌwɝk〕v. 交流；溝通
opportunity〔ˌɑpɚˈtjunətɪ〕n. 機會
unlimited〔ʌnˈlɪmɪtɪd〕adj. 無限量的；無數的

164. soulmate〔ˈsolˌmet〕n. 靈魂伴侶；心靈知己
desire〔dɪˈzaɪr〕v. 想要　　further〔ˈfɝðɚ〕adv. 更進一步地
look no further than 只需要看；不妨就看
website〔ˈwɛbˌsaɪt〕n. 網站（= *site*）

165. practice〔ˈpræktɪs〕v. 練習　　***the world*** 世界；全世界的人
make friends 交朋友　　***young and old*** 無論老少；不論男女老幼
method〔ˈmɛθəd〕n. 方法　　***be full of*** 充滿了
fun〔fʌn〕n. 樂趣

166. Millions have tried English.
     Many have failed and given up.
     Those millions never learn to
        speak.

有數百萬人嘗試學英文。
很多人已經失敗並且放棄。
那數百萬人都從未學過說
英文。

167. Join us for great learning!
     Join for friends and
        support.
     Join us for laughter and
        fun.

要和我們一起好好的學習！
加入我們，來交朋友並獲
得支持。
加入我們，就能擁有歡笑
和樂趣。

168. You'll be among friends.
     You'll feel like you're with
        family.
     You'll never be lonely or
        depressed.

你會置身於朋友當中。
你會覺得像和家人在一
起。
你絕不會寂寞或感到沮
喪。

網站的特色

** ———————————————————

166. million〔'mɪljən〕 *n.* 百萬　***Millions*** 在此指 Millions of people。
     fail〔fel〕*v.* 失敗　　***give up*** 放棄
167. join〔dʒɔɪn〕*v.* 加入；和…一起做同樣的事
     great〔gret〕*adj.* 很棒的　　support〔sə'port〕*n.* 支持
     laughter〔'læftɚ〕*n.* 笑　　fun〔fʌn〕*n.* 樂趣
168. among〔ə'mʌŋ〕*prep.* 在…當中（= *included in a larger group*）
     You'll be among friends.
     = You'll have lots of friends on our site.
     family〔'fæməlɪ〕*n.* 家人　　lonely〔'lonlɪ〕*adj.* 寂寞的
     depressed〔dɪ'prɛst〕*adj.* 沮喪的

□ 169. Welcome to our online community. 歡迎來我們線上的社群。

Meet cool people. 認識很酷的人。

Make many new friends. 結交許多新朋友。

□ 170. We're all English learners. 我們全都在學英文。

We're a super chat room. 我們是個超級的聊天室。

We're upfront and honest with 我們對彼此非常坦率而

each other. 且誠實。

□ 171. We all trust each other. 我們全都互相信任。

We're close. 我們很親密。

We share a common bond. 我們連結在一起，有福同享。

** ────────────

169. online〔͵ɑnˋlaɪn〕*adj.* 線上的；網路上的
community〔kəˋmjunətɪ〕*n.* 社區；社群
meet〔mit〕*v.* 遇見；認識　　cool〔kul〕*adj.* 酷的
make friends 交朋友
170. super〔ˋsupɚ〕*adj.* 超級的；極好的
chat room（網路的）聊天室（= *chatroom*）
upfront〔ʌpˋfrʌnt〕*adj.* 坦率的；無保留的（= *completely honest and not trying to hide anything*）　　honest〔ˋɑnɪst〕*adj.* 誠實的
171. trust〔trʌst〕*v.* 信任　　close〔klos〕*adj.* 親密的
share〔ʃɛr〕*v.* 分享；共有　　common〔ˋkɑmən〕*adj.* 共同的
bond〔bɑnd〕*n.* 關連；連結物
share a common bond 有共同的關連；因為同一件事物而結合在
一起（= *be united by the same thing*）

網站的特色

8. 限用英文

□ 172. Why are we popular?　　　　　　　我們為什麼會受歡迎？
　　　　Our site is so special and　　　　我們的網站很特別而且獨一
　　　　　unique.　　　　　　　　　　　無二。
　　　　Only we use English all the way.　只有我們全程使用英文。

□ 173. Why are we so successful?　　　　為什麼我們這麼成功？
　　　　Because people love and desire　因為人們喜愛並渴望優良的
　　　　　quality.　　　　　　　　　　　品質。
　　　　We are the only all-English site.　我們是唯一全英文的網站。

□ 174. We are the first.　　　　　　　　我們排名第一。
　　　　We are the leaders.　　　　　　我們是領導者。
　　　　We are all-English on this site.　在這個網站我們是全英文。

□ 175. I welcome your reply.　　　　　　我歡迎你的回覆。
　　　　Please use English.　　　　　　請用英文。
　　　　We are an all-English site.　　　我們是全英文的網站。

** ————————————

172. popular〔ˋpɑpjələ〕 *adj.* 受歡迎的
　　　site〔saɪt〕 *n.* 網站（= *website*）
　　　unique〔juˋnik〕 *adj.* 獨特的；獨一無二的
　　　all the way 一路；全程；完全地
173. successful〔səkˋsɛsfəl〕 *adj.* 成功的
　　　desire〔dɪˋzaɪr〕 *v.* 渴望　　quality〔ˋkwɑlətɪ〕 *n.* 品質；優質
174. leader〔ˋlidə〕 *n.* 領導者
175. reply〔rɪˋplaɪ〕 *n.* 回答；回覆

unique

網站的特色

□ 176. Have daily conversations. 　　每天都要對話。
　　　 We speak only English. 　　　我們只說英文。
　　　 That's the beauty of my site. 　那就是我的網站美妙之處。

□ 177. We are building a movement. 　我們正在創立一項運動。
　　　 It's an English learning 　　　這是個英語學習的環境。
　　　　 environment.
　　　 It's all-English—all the time. 　它一直都是全英文的。

□ 178. Just one rule here. 　　　　　這裡只有一項規定。
　　　 Speak only English. 　　　　　只能說英文。
　　　 Only English is allowed. 　　　只允許說英文。

□ 179. Please remember. 　　　　　　請你要記得。
　　　 Don't forget. 　　　　　　　不要忘記。
　　　 Only English here. 　　　　　這裡只說英文。

網站的特色

**　****

176. daily〔'delɪ〕*adj.* 每天的
　　conversation〔ˌkɑnvə'seʃən〕*n.* 會話；對話
　　beauty〔'bjutɪ〕*n.* 美；美麗；優美
177. build〔bɪld〕*v.* 建造；創立
　　movement〔'muvmənt〕*n.* 運動；活動
　　environment〔ɪn'vaɪrənmənt〕*n.* 環境
　　all the time 一直；總是
178. rule〔rul〕*n.* 規則；規定　　allow〔ə'laʊ〕*v.* 允許
179. remember〔rɪ'mɛmbə〕*v.* 記得　　forget〔fə'gɛt〕*v.* 忘記

□ 180. Don't forget our rule.　　　不要忘了我們的規定。
No Chinese.　　　　　　　不要說中文。
Only English.　　　　　　只說英文。

□ 181. Our site is pure English.　　　我們的網站是純英文的。
It's a total English environment.　這是個全英文的環境。
It's all speaking and writing in　說和寫都是用英文。
English.

□ 182. No using Chinese on this site.　在這個網站禁止用中文。
We only accept English.　　　我們只接受英文。
We use only English.　　　　我們只使用英文。

□ 183. You already know Chinese.　　你已經會中文了。
Now acquire English.　　　　現在要學英文。
You'll have the best of both　你會擁有兩個世界中最好
worlds.　　　　　　　　的東西【即中文和英文】。

網站的特色

** ─────────────────

180. rule〔rul〕*n.* 規則；規定
181. pure〔pjʊr〕*adj.* 純粹的　　total〔'totl〕*adj.* 完全的
environment〔ɪn'vaɪrənmənt〕*n.* 環境
in〔ɪn〕*prep.* 用…（語言）
182. *No + V-ing.* 表「禁止…。」　　site〔saɪt〕*n.* 網站（= *website*）
accept〔ək'sɛpt〕*v.* 接受
183. acquire〔ə'kwaɪr〕*v.* 獲得；學到

□ **184.** Our site is global.

Our English is essential.

So, no Chinese is allowed.

我們的網站是全球性的。

我們的英文是非常重要的。

所以，不准說中文。

□ **185.** Our standards are high.

We expect that all will do their best.

We're the only all-English site.

我們的標準很高。

我們期待大家都會盡全力。

我們是唯一全英文的網站。

□ **186.** Learn with me.

Learn on my all-English site.

Together we can make it happen.

要和我一起學。

要在我全英文的網站上學。

我們一起努力就會成功。

** ———————————

184. site〔saɪt〕*n.* 網站（= *website*）
global〔'globl〕*adj.* 全球性的
essential〔ə'sɛnʃəl〕*adj.* 必要的；非常重要的
allow〔ə'lau〕*v.* 允許

185. standard〔'stændəd〕*n.* 標準
expect〔ɪk'spɛkt〕*v.* 期待　　***do one's best*** 盡力

186. ***make it happen*** 成功實踐；美夢成真

9. 網站成長快速

☐ **187.** Our site is super popular. | 我們的網站超級受歡迎。
Our fans are awesome, too. | 我們的粉絲也很棒。
We are spreading like a wildfire. | 我們正在迅速成長。

☐ **188.** Our followers are multiplying fast. | 我們的追隨者正在快速增加。
Our fans are increasing quickly. | 我們的粉絲正在快速增加。
We'll soon be at two million! | 我們很快就會有兩百萬粉絲了！

☐ **189.** We're almost at two million. | 我們快要有兩百萬粉絲了。
We are just beginning. | 我們只是剛開始。
The sky is the limit for us. | 我們的潛力無限大。

** ———————————

187 super〔'supæ〕*adv.* 非常；超
popular〔'pɑpjələ〕*adj.* 受歡迎的　　fan〔fæn〕*n.* 迷；粉絲
awesome〔'ɔsəm〕*adj.* 很棒的　　spread〔sprɛd〕*v.* 蔓延
wildfire〔'waɪld,faɪr〕*n.* 野火；不易撲滅的大火
spread like a wildfire 迅速傳播開來；如同野火燎原般迅速成長

188. follower〔'fɑloæ〕*n.* 追隨者；追蹤者
multiply〔'mʌltə,plaɪ〕*v.* 繁殖；增加
increase〔ɪn'kris〕*v.* 增加　　million〔'mɪljən〕*n.* 百萬

189. sky〔skaɪ〕*n.* 天空　　limit〔'lɪmɪt〕*n.* 限制；界限；極限
The sky is the limit for us. 天空是我們的界限，引申為「我們的
潛力無限大。」(= *The sky is our limit.*)

網站的特色

190. Join our two million fans.　　要加入我們的兩百萬粉絲。
Join the growing crowd.　　要加入日益增加的人群。
Don't get left behind.　　不要落後。

191. Our fanbase is rising like a　　我們的粉絲像火箭一樣，正
rocket.　　在迅速增加。
We'll be at two million soon.　　我們很快就會達到兩百萬。
We need you on our team.　　我們需要你加入我們的團隊。

192. We're sprinting to two million　　我們正全速衝刺，要達到兩
fans.　　百萬粉絲。
We're shooting for five million.　　我們以五百萬爲目標。
There is no finish line.　　沒有終點線。

**

190. join〔dʒɔɪn〕v. 加入
growing〔'groɪŋ〕adj. 增大的；擴大的

growing

crowd〔kraʊd〕n. 人群；群衆　　*leave behind* 使落在後面
get left behind 落後
191. fanbase〔'fæn,bes〕n. 迷；粉絲【集合名詞】
rise〔raɪz〕v. 上升；增加　　rocket〔'rakɪt〕n. 火箭
rise like a rocket 迅速上升；猛漲（= *rise suddenly and dramatically*）　　team〔tim〕n. 團隊
192. sprint〔sprɪnt〕v. 以全速衝刺　　*shoot for* 爭取；以…爲目標
finish〔'fɪnɪʃ〕n. 結束；終結　　*finish line* 終點線

網站的特色

□ **193.** Our site is growing fast.   我們的網站成長得很快。

Our methods get great results.   我們的方法很有效果。

Please join our English   請加入我們的英語革命。
     revolution.

□ **194.** We're expanding our topics.   我們正在擴充我們的主題。

We're growing fast.   我們成長得很快。

Don't miss the boat.   不要錯過機會。

□ **195.** Join the elite.   加入精英份子的行列。

Join the best of the best.   成為精英中的精英。

Make yourself really proud.   使自己感到非常驕傲。

＊＊ ―――――――――――――――――

網站的特色

193. site〔saɪt〕*n.* 網站（ = *website* ）

grow〔gro〕*v.* 成長   method〔'mɛθəd〕*n.* 方法

great〔gret〕*adj.* 極大的   results〔rɪ'zʌlts〕*n. pl.* 成果；效果

join〔dʒɔɪn〕*v.* 加入   revolution〔͵rɛvə'luʃən〕*n.* 革命

194. expand〔ɪk'spænd〕*v.* 擴大；擴充   topic〔'tɑpɪk〕*n.* 主題

miss the boat 錯過機會

195. elite〔ɪ'lit〕*n.* 精英

the best of the best 最好的；精英中的精英

really〔'riəlɪ〕*adv.* 真地；非常

proud〔praʊd〕*adj.* 驕傲的；自豪的；感到光榮的

5. 請求按讚分享 (Hit Like and Share)

看到好的作品（post），要按讚分享。自己製作影片，也不要忘記提醒觀眾按讚和分享。這是交到志同道合朋友的第一步，利人利己。

☐ **196.** We welcome new fans. | 我們歡迎新的粉絲。
We need new members. | 我們需要新的成員。
I'm counting on your help. | 我要靠大家幫忙。

☐ **197.** Help me out. | 幫我一下忙。
Let's grow this site. | 我們一起讓這個網站成長。
Let's expand our team. | 我們一起擴大我們的團隊。

☐ **198.** Share our site. | 分享我們的網站。
Spread the news. | 散播這個消息。
Shout it out about us. | 大聲說關於我們的事。

** ——————

196. fan〔fæn〕*n.* 迷；粉絲　　member〔'mɛmbɚ〕*n.* 成員
count on 依賴；依靠

197. ***help out*** 幫助；幫忙　　grow〔gro〕*v.* 使生長
site〔saɪt〕*n.* 網站（= *website*）
expand〔ɪk'spænd〕*v.* 擴大　　team〔tim〕*n.* 團隊

198. share〔ʃɛr〕*v.* 分享　　spread〔sprɛd〕*v.* 散播
news〔njuz〕*n.* 消息　　***shout out*** 大聲說

☐ **199.** Please share this site.　　　　請分享這個網站。

　　　 Tell one and all.　　　　　　要告訴大家。

　　　 Our English revolution　　　　我們的英語革命歡迎所有

　　　　　 welcomes all.　　　　　的人參加。

☐ **200.** Recruit family.　　　　　　　要招募家人。

　　　 Recruit friends.　　　　　　　要吸收朋友。

　　　 Tell everyone to check us out.　要告訴大家來看我們。

☐ **201.** The more fans, the better.　　粉絲越多越好。

　　　 The more, the merrier.　　　　多多益善。

　　　 We can never get enough.　　　我們無論怎樣都不夠。

☐ **202.** Support me.　　　　　　　　支持我。

　　　 Give me "likes."　　　　　　　給我按「讚」。

　　　 Hit the like button.　　　　　要按讚的按鈕。

** ——————————————

　　 199. share〔ʃɛr〕v. 分享　　site〔saɪt〕n. 網站（ = website）
　　　 one and all 大家（ = everyone）　revolution〔ˌrɛvəˈluʃən〕n. 革命
　　 200. recruit〔rɪˈkrut〕v. 招募（新兵）；吸收（新成員）
　　　 family〔ˈfæməlɪ〕n. 家人　　***check out*** 查看（ = have a look at）
　　 201. 「the + 比較級…the + 比較級」表「越…就～」。
　　　 the more…the better …越多越好　　fan〔fæn〕n. 迷；粉絲
　　　 merry〔ˈmɛrɪ〕adj. 歡樂的　　***The more, the merrier.*** 多多益善。
　　　 can never get enough 無論怎樣都不夠
　　 202. support〔səˈport〕v. 支持　　like〔laɪk〕n.（按）讚
　　　 hit〔hɪt〕v. 打擊；按　　button〔ˈbʌtn̩〕n.（螢幕上的）按鈕

☐ **203.** Like my lesson?　　　　喜歡我的課程嗎？

　　　Hit the icon.　　　　　　要按圖示。

　　　Click the heart.　　　　　要點紅心。

☐ **204.** Press "like" and follow me.　按「讚」並且追蹤我。

　　　Write to and chat with me.　留言給我並和我聊天。

　　　Be part of my learning　　要成爲我的學習團隊的一份

　　　　team.　　　　　　　　子。

☐ **205.** Like it or love it?　　　喜歡或非常喜愛？

　　　Give it a heart!　　　　要點個紅心！

　　　Share the love!　　　　要分享這份愛！

** ————————————

203. ***Like my lesson?*** = Do you like my lesson?

　　icon〔'aɪkɑn〕*n.*（電腦螢幕上可用滑鼠點選的）圖示

　　click〔klɪk〕*v.* 發出喀嗒聲；（用滑鼠）點選

　　heart〔hɑrt〕*n.* 心；心形

icon

204. press〔prɛs〕*v.* 壓；按

　　like〔laɪk〕*n.*（電腦螢幕上）讚（的按鈕）

　　follow〔'fɑlo〕*v.* 追蹤；追隨；關注

　　write to *sb.* 寫信給某人　　chat〔tʃæt〕*v.* 聊天

　　(a) part of …的一部份　　team〔tim〕*n.* 團隊

205. ***Like it or love it?*** = Do you like it or love it?

　　share〔ʃɛr〕*v.* 分享

☐ **206.** Click "like."	要點「讚」。
Tap "like."	要點「讚」。
Press "like."	要按「讚」。
☐ **207.** Give me more likes.	要多給我按讚。
Show me you're happy.	告訴我你很高興。
I love positive feedback.	我喜愛正面的意見。
☐ **208.** Give me a like.	給我按讚。
Give me a heart.	給我一個紅心。
Give me a thumbs-up.	給我按讚。
☐ **209.** More comments are better.	越多評論越好。
More feedback helps a lot.	多一點意見對我幫助很大。
It helps me to help you more.	這有助於我給你更多的協助。

** ───────────────────

206. like〔laɪk〕*n.*（電腦螢幕上）讚（的按鈕）;（按）讚
tap〔tæp〕*v.* 輕觸;輕敲　　press〔prɛs〕*v.* 按

207. show〔ʃo〕*v.* 給…看;對…表示
positive〔'pɑzətɪv〕*adj.* 正面的
feedback〔'fid,bæk〕*n.* 反饋;意見反應

thumbs-up

208. heart〔hɑrt〕*n.* 心;心形
thumbs-up〔'θʌms,ʌp〕*n.*（表示讚賞的）豎起大拇指

209. comment〔'kɑmɛnt〕*n.* 評論

☐ **210.** The more likes, the more fans. 　　讚數越多，粉絲越多。

　　The more fans, the more learning. 　　粉絲越多，學得越多。

　　Everybody wins. 　　大家都是贏家。

☐ **211.** Like my video? 　　喜歡我的作品嗎？

　　Enjoy my class? 　　喜歡我的課程嗎？

　　Press like if you're satisfied. 　　如果你很滿意，請按讚。

☐ **212.** Share my material. 　　分享我的資料。

　　Send out my stuff. 　　把我的東西傳出去。

　　Show all your friends and family. 　　要給你全部的朋友和家人看。

** —————————————

210. like〔laɪk〕*n.* (按)讚　　fan〔fæn〕*n.* 迷；粉絲
「the + 比較級…the + 比較級」表「越…就越～」。
learning〔'lɝnɪŋ〕*n.* 學習；學問　　win〔wɪn〕*v.* 獲勝；贏；成功
Everybody wins.
= It's a win-win situation. (這是個雙贏的局面。)

211. video〔'vɪdɪ,o〕*n.* 影片　　enjoy〔ɪn'dʒɔɪ〕*v.* 喜歡
Like my video? 源自 Do you like my video?
Enjoy my class? 源自 Do you enjoy my class?
press〔prɛs〕*v.* 壓；按　　satisfied〔'sætɪs,faɪd〕*adj.* 滿意的

212. share〔ʃɛr〕*v.* 分享　　material〔mə'tɪrɪəl〕*n.* 材料；資料
send out 發出；寄出　　stuff〔stʌf〕*n.* 東西
show〔ʃo〕*v.* 給…看

請求按讚分享

☐ **213.** Spread the news. 　　　把消息散播出去。
　　　Get the word out. 　　　要幫忙宣傳一下。
　　　Tell everyone about my site. 　　　告訴大家關於我的網站的事。

☐ **214.** Like it? 　　　喜歡嗎？
　　　Share it! 　　　要分享！
　　　Subscribe to my site. 　　　要訂閱我的網站。

☐ **215.** Hit the heart. 　　　要按紅心。
　　　Hit the like. 　　　要按讚。
　　　Hit the thumbs-up. 　　　要按讚。

☐ **216.** Help me out. 　　　要幫忙我。
　　　Hit like. 　　　要按讚。
　　　Support my site. 　　　支持我的網站。

**————————————

^{213.} spread〔sprɛd〕v. 散播　　news〔njuz〕n. 消息
　　get the word out 幫忙宣傳（= *let people know*）
　　site〔saɪt〕n. 網站（= *website*）

^{214.} subscribe〔səb'skraɪb〕v. ①訂閱　②贊同＜ *to* ＞【訂閱不一定都要付費】

^{215.} hit〔hɪt〕v. 打擊；按　　like〔laɪk〕n.（按）讚
　　Hit the like.
　　= Click the like.
　　= Press the like. 　　
　　= Tap the like.

^{216.} ***Hit like.*** = Hit the like.　　support〔sə'port〕v. 支持

6. 要在評論區留言（Write Comments）

　　在我的網站上的評論區用英文留言，是學英文最好的方法。用本書提供的句子，挑你喜歡的，寫起來就精彩了。

1. 用英文留言

☐ **217.** Watch me daily.　　　　　每天看我的作品。
　　　Watch my lessons.　　　　看我的課程。
　　　Write in English to me.　　用英文寫留言給我。

☐ **218.** Give your opinion.　　　　說出你的意見。
　　　I love your feedback!　　　我很喜歡你的意見！
　　　It's like oxygen to me!　　那對我而言就像是氧氣一樣重要！

☐ **219.** Text in English.　　　　　用英文傳訊息。
　　　Type in English.　　　　用英文打字。
　　　Talk and post comments　用英文說話和發佈評論。
　　　　in English.

** ─────────────

217. daily〔'delɪ〕*adv.* 每天　　　in〔ɪn〕*prep.* 用⋯（語言）
218. give〔gɪv〕*v.* 說出　　opinion〔ə'pɪnjən〕*n.* 意見；看法
　　　feedback〔'fid,bæk〕*n.* 反饋；意見反應
　　　oxygen〔'ɑksədʒən〕*n.* 氧
219. text〔tɛkst〕*v.* 傳簡訊　　*n.* 簡訊
　　　type〔taɪp〕*v.* 打字　　post〔post〕*v.* 張貼；發佈
　　　comment〔'kɑmɛnt〕*n.* 評論

text

☐ **220.** Write English comments. 　　寫英文評論。

It's the best way to learn. 　　是最好的學習方式。

It trains your brain. 　　它能訓練你的頭腦。

☐ **221.** You write in English. 　　你用英文寫。

You think in English. 　　你用英文思考。

Great progress can be made! 　　會有很大的進步！

☐ **222.** Speak well. 　　要說得好。

Write well. 　　要寫得好。

Test great! 　　要考得很好！

☐ **223.** Write me in English. 　　用英文留言給我。

Write more in English. 　　用英文寫多一點。

Write, think, and share in 　　要用英文寫作、思考，和

　　　English. 　　分享。

** ———————————

220. comment〔ˈkɑmɛnt〕 *n.* 評論

way〔we〕 *n.* 方式　　train〔tren〕 *v.* 訓練

brain〔bren〕 *n.* 頭腦

221. in〔ɪn〕 *prep.* 用…（語言）　　great〔gret〕 *adj.* 極大的

progress〔ˈprɑgrɛs〕 *n.* 進步　　***make progress*** 進步

222. great〔gret〕 *adv.* 很好（= *very well*）

223. share〔ʃɛr〕 *v.* 分享

□ **224.** Now do it!
Get to it!
Try everything in English.

現在就做！
開始做！
用英文嘗試每件事。

□ **225.** You'll be awesome.
You'll amaze.
You'll surprise everyone.

你會很棒。
你會令人驚奇。
你會使大家驚訝。

□ **226.** Write comments in English all day.
It's fun and enjoyable.
It's like chatting with your
　　friends.

全天用英文寫評論。
既有趣又愉快。
這就像是在和你的朋友聊
天。

□ **227.** Comment in English.
Compliment in English.
Question and ask in English.

用英文評論。
用英文稱讚。
用英文詢問。

** ————

224. ***get to it*** 開始做；著手進行　　**in** 〔 ɪn 〕*prep.* 用…（語言）

225. awesome 〔'ɔsəm 〕*adj.* 很棒的
amaze 〔 ə'mez 〕*v.* 使驚訝；使大為驚奇
surprise 〔 sə'praɪz 〕*v.* 使驚訝

226. comment 〔'kɑmɛnt 〕*n. v.* 評論　　fun 〔 fʌn 〕*adj.* 有趣的
enjoyable 〔 ɪn'dʒɔɪəbḷ 〕*adj.* 令人愉快的
like 〔 laɪk 〕*prep.* 像　　chat 〔 tʃæt 〕*v.* 聊天

227. compliment 〔'kɑmplə,mɛnt 〕*v.* 稱讚
question 〔'kwɛstʃən 〕*v.* 詢問

要在評論區留言

☐ **228.** Make new friends with English. | 用英文結交新朋友。
Meet amazing people. | 認識很厲害的人。
Maybe even fall in love! | 甚至能談戀愛也說不定！

☐ **229.** Remember, we are family. | 要記得，我們是一家人。
We're an all-English team. | 我們是個全英文的團隊。
We use all English all the time. | 我們一直都全程使用英文。

☐ **230.** Stop writing Chinese comments. | 不要再寫中文的評論。
There is no benefit for you. | 這對你沒有好處。
It's a total waste of time. | 這完全是浪費時間。

☐ **231.** Forget writing fancy Chinese. | 不要想寫高難度的中文。
Don't try to compete. | 不要想和別人競爭。
There will always be someone | 總是會有人比你更好。
better.

** ───────────────

228. *make friends* 交朋友　　meet〔mit〕*v.* 認識
amazing〔ə'mezɪŋ〕*adj.* 令人驚奇的；很棒的　*fall in love* 談戀愛
229. all-English〔'ɔl'ɪŋglɪʃ〕*adj.* 全英文的；全部使用英文的
team〔tim〕*n.* 團隊　*all the time* 一直；總是
230. comment〔'kɑmɛnt〕*n.* 評論
benefit〔'bɛnəfɪt〕*n.* 利益；好處
total〔'totḷ〕*adj.* 完全的；全部的
waste〔west〕*n.* 浪費　*a waste of time* 浪費時間
231. fancy〔'fænsɪ〕*adj.* 花俏的；複雜的；困難的
compete〔kəm'pit〕*v.* 競爭

232. Don't use the language you already know.	不要用你已經會的語言。
You are not learning and progressing.	你沒有學到東西，也沒有進步。
It's the biggest waste of your time.	這是最浪費時間的事。

233. While speaking English, you learn.	當你在說英文時，你就是在學習。
While writing English, you learn.	當你在寫英文時，你就是在學習。
With us, you're always getting better.	和我們在一起，你會一直越來越好。

234. With us, you learn right away.	和我們在一起，你立刻就學會。
Use English right away.	立刻就會使用英文。
Start speaking English immediately.	立刻開始說英文。

**

232. language〔'læŋgwɪdʒ〕*n.* 語言
progress〔prə'grɛs〕*v.* 進步　　waste〔west〕*n.* 浪費
233. while〔hwaɪl〕*conj.* 當…的時候
While speaking English, you learn. 源自 While you are speaking English, you learn.
While writing English, you learn. 源自 While you are writing English, you learn.
234. ***right away*** 立刻　　immediately〔ɪ'midɪɪtlɪ〕*adv.* 立刻

□ **235.** Type us your comments.　　打字告訴我們你的評論。

Text us your questions.　　傳訊息告訴我們你的問題。

Time to challenge yourself.　　是該挑戰你自己的時候了。

□ **236.** Have the guts to write.　　要有勇氣寫。

Have the courage to try.　　要有勇氣嘗試。

Dare to be great!　　要敢做了不起的事！

□ **237.** Face our challenge.　　面對我們的挑戰。

Accept our great rules.　　接受我們重要的規定。

Write only in English.　　只用英文寫。

＊＊——————————

235. type〔taɪp〕*v.* 打（字）　　comment〔'kɑmɛnt〕*n.* 評論

text〔tɛkst〕*v.* 傳簡訊給（某人）

challenge〔'tʃælɪndʒ〕*v. n.* 挑戰

Time to challenge yourself. 源自 It's time to challenge yourself.

236. guts〔gʌts〕*n.* 勇氣　　courage〔'kɝɪdʒ〕*n.* 勇氣

dare〔dɛr〕*v.* 敢　　great〔gret〕*adj.* 偉大的；很棒的

237. face〔fes〕*v.* 面對　　accept〔ək'sɛpt〕*v.* 接受

great〔gret〕*adj.* 重要的（= *important*）

rule〔rul〕*n.* 規則；規定

2. 要天天在評論區留言

☐ **238.** Write me daily. 要每天留言給我。
Let me know. 要讓我知道。
You doing OK? 你還好嗎？

☐ **239.** Drop me a line. 寫封短信給我。
Just a word or two. 只要一兩句話。
Just a minute or two. 只要一兩分鐘。

☐ **240.** Text me a question. 傳個訊息來問我問題。
Type a quick comment. 很快地打一則評論。
Tell me what you think. 告訴我你的想法。

☐ **241.** Don't just watch my lesson. 不要只是看我上的課。
Don't leave without commenting. 不要沒有評論就離開。
Force yourself to write. 要強迫自己寫。

** ————————————

238. ***write*** *sb.* 寫信給某人
daily〔'delɪ〕*adv.* 每天（= *every day*）
do〔du〕*v.* 進展　OK〔o'ke〕*adv.* 好地；沒問題地
You doing OK? 源自 Are you doing OK?（你好嗎？）

239. line〔laɪn〕*n.* 短信　***drop*** *sb.* ***a line*** 寫封短信給某人
word〔wɝd〕*n.* 言語；話　minute〔'mɪnɪt〕*n.* 分鐘

240. text〔tɛkt〕*v.* 傳簡訊給（某人）　type〔taɪp〕*v.* 打（字）
quick〔kwɪk〕*adj.* 快的　comment〔'kɑmɛnt〕*n. v.* 評論

241. force〔fors〕*v.* 強迫

要在評論區留言

242. Don't skip a day.
Don't rest or delay.
I love to hear from you.

不要跳過任何一天。
不要休息或拖延。
我喜歡聽到關於你的消息。

243. Write comments like hell!
Write questions like crazy.
Write like there is no
tomorrow.

要拼命寫評論！
拼命問問題。
拼命地寫，就像是沒有明
天一樣。

244. Approve or disapprove?
Like or dislike?
Let me know—text!

贊成還是不贊成？
喜歡或是不喜歡？
要讓我知道——要傳訊息！

245. Have a problem?
I'll answer every time.
I welcome you to write.

有問題嗎？
我每一次都會回答。
我歡迎你們留言。

** ————————

242. skip〔skɪp〕v. 略過；跳過　　rest〔rɛst〕v. 休息
delay〔dɪ'le〕v. 拖延　　***hear from*** 聽到關於…的消息

243. comment〔'kamɛnt〕n. 評論　　like〔laɪk〕prep. 像
hell〔hɛl〕n. 地獄　　***like hell*** 拼命地
crazy〔'krezɪ〕adj. 瘋狂的　　***like crazy*** 拼命地
like there is no tomorrow 好像沒有明天似的；不顧一切地；拼命地

244. approve〔ə'pruv〕v. 贊成　　disapprove〔ˌdɪsə'pruv〕v. 不贊成
dislike〔dɪs'laɪk〕v. 不喜歡　　text〔tɛkst〕v. 傳簡訊；傳簡訊給

245. ***Have a problem?*** 源自 Do you have a problem?
time〔taɪm〕n. 次　　welcome〔'wɛlkəm〕v. 歡迎

要在評論區留言

□ 246. What's on your mind? 你在想什麼？

Tell me how you feel. 告訴我你覺得如何。

Text me right away! 立刻傳訊息給我！

□ 247. Writing English comments is 寫英文評論非常重要。
the key.

Remember to write me every day. 要記得每天留言給我。

Write, learn, and make a friend. 要寫、學習，和交朋友。

□ 248. Make mistakes! 犯錯！

Mistakes are OK. 犯錯沒關係。

That's how we learn. 那就是學習的方法。

□ 249. Don't be afraid. 不要害怕。

Don't fear mistakes. 不要害怕錯誤。

Don't fear getting it wrong. 不要怕弄錯。

** ———————————————

246. mind〔maɪnd〕*n.* 頭腦；心；精神

text〔tɛkst〕*v.* 傳簡訊給　　***right away*** 立刻

247. comment〔'kɑmɛnt〕*n.* 評論

key〔ki〕*n.* 關鍵　　***write sb.*** 寫信給某人

make a friend 交朋友（= *make friends*）

248. mistake〔mə'stek〕*n.* 錯誤　　***make a mistake*** 犯錯

OK〔'o'ke〕*adj.* 好的；可以的

249. afraid〔ə'fred〕*adj.* 害怕的

fear〔fɪr〕*v.* 害怕　　***get sth. wrong*** 弄錯　　***get it wrong*** 誤解

3. 任何內容都可以

☐ **250.** Start writing now. | 現在就開始寫。
Adopt a brave learning style. | 要採用一種勇敢的學習方式。
Be a lion, not a paper tiger. | 要當個獅子，而不是紙老虎。

☐ **251.** Just begin writing. | 只要開始寫。
Copy the three sentences. | 模仿這三個句子。
Mimic my words. | 模仿我說的話。

☐ **252.** Make a comment. | 在評論區留言。
Compliment or question me. | 稱讚或問我問題。
Then real learning begins. | 然後真正的學習就開始了。

** ─────────────

250. adopt〔ə'dɑpt〕v. 採用　　brave〔brev〕adj. 勇敢的
style〔staɪl〕n. 風格；方式　　lion〔'laɪən〕n. 獅子
tiger〔'taɪgɚ〕n. 老虎
paper tiger 紙老虎；外強中乾的人或事物

paper tiger

251. just〔dʒʌst〕adv. 只；就　　copy〔'kɑpɪ〕v. 模仿
mimic〔'mɪmɪk〕v. 模仿　　words〔wɝdz〕n. pl. 言語；話

252. comment〔'kɑmɛnt〕n. 評論　　***make a comment*** 評論
compliment〔'kɑmplə,mɛnt〕v. 稱讚
question〔'kwɛstʃən〕v. 詢問；質疑
question me = ask me a question　　real〔'riəl〕adj. 真正的

□ **253.** Make up questions!
Think up comments!
You can say anything!

要編造問題！
要想出評論！
你要說什麼都可以！

□ **254.** Writing comments is exciting.
It fires you up.
It gives you spirit.

寫評論很刺激。
它能點燃你的熱情。
它能讓你有精神。

□ **255.** Any comment will do.
Any viewpoint is OK.
Once you start, you can't
stop.

任何評論都可以。
任何觀點都可以。
你一旦開始，就停不下來
了。

** ————————————

253. *make up* 編造　　*think up* 想出
comment〔ˋkɑmɛnt〕*n.* 評論

254. exciting〔ɪkˋsaɪtɪŋ〕*adj.* 刺激的；令人興奮的
fire up 使充滿激情；使滿懷熱情
spirit〔ˋspɪrɪt〕*n.* 精神

255. do〔du〕*v.* 行；可以　　viewpoint〔ˋvjuˌpɔɪnt〕*n.* 觀點
OK〔ˋoˋke〕*adj.* 好的；可以的
once〔wʌns〕*conj.* 一旦；只要

☐ **256.** Drop me a line.　　　　　　　寫封短信給我。

　　　Let's get acquainted.　　　　　我們認識一下吧。

　　　Let's get to know each other.　我們互相認識吧。

☐ **257.** Write anything on my site.　　在我的網站上寫任何東西。

　　　Write freely or copy me.　　　可以隨意地寫或模仿我。

　　　Make it your outlet.　　　　　讓它成爲你情緒的出口。

☐ **258.** Don't worry about the grammar.　不要擔心文法。

　　　Don't care about spelling.　　不要擔心拼字。

　　　Just write your thoughts and　只要把你的想法和點子寫
　　　　ideas.　　　　　　　　　　出來。

**
_____

256. line〔laɪn〕*n.* 短信　　***drop sb. a line*** 寫一封短信給某人

　　acquaint〔əˋkwent〕*v.* 使認識；使熟悉　　***get to V.*** 得以…

257. site〔saɪt〕*n.* 網站（= *website*）

　　freely〔ˋfrilɪ〕*adv.* 自由地；隨意地

　　copy〔ˋkɑpɪ〕*v.* 模仿　　make〔mek〕*v.* 使成爲

　　outlet〔ˋaʊt͵lɛt〕*n.* 出口；（感情的）宣洩途徑

258. ***worry about*** 擔心　　grammar〔ˋgræmɚ〕*n.* 文法

　　care about 擔心　　spelling〔ˋspɛlɪŋ〕*n.* 拼字

　　thought〔θɔt〕*n.* 想法　　idea〔aɪˋdiə〕*n.* 想法；點子

☐ **259.** Follow world events. 關注世界大事。
Keep up with current news. 跟上最新的消息。
Write your opinions to me. 把你的意見寫給我。

☐ **260.** Don't just write "thank you." 不要只寫「謝謝」。
Don't just give me a thumbs 不要只給我按讚。
up.
Answer in at least three ways. 至少要用三種方式來回答。

☐ **261.** Write whatever you like! 想寫什麼就寫吧！
Write what's on your mind! 寫出你的想法！
The key to fast progress is 快速進步的關鍵就是寫作。
writing.

** ─────────

keep up with

259. follow〔'falo〕*v.* 密切注意；關注
event〔ɪ'vɛnt〕*n.* 事件
keep up with 跟上；不斷獲知（某事的情況）
current〔'kɜ˞ənt〕*adj.* 現在的　　news〔njuz〕*n.* 新聞；消息
opinion〔ə'pɪnjən〕*n.* 意見；看法

260. ***Don't just write* "*thank you.*"** 不可寫成：*Don't just write*
"*Thank you.*"　　thumb〔θʌm〕*n.* 大拇指
give sb. a thumbs up 給某人按讚
at least 至少　　way〔we〕*n.* 方法；方式

261. whatever〔hwɑt'ɛvə˞〕*pron.* 無論什麼事物
mind〔maɪnd〕*n.* 心；想法　　key〔ki〕*n.* 關鍵 < *to* >
progress〔'progrɛs〕*n.* 進步　　writing〔'raɪtɪŋ〕*n.* 寫作

要在評論區留言

□ 262. Vent on my site.　　　　　可以在我的網站上發洩情緒。
Speak your mind.　　　　　說出你心裡的話。
Say anything you want.　　　你想說什麼就說什麼。

□ 263. Open up!　　　　　要敞開心胸！
Air things out.　　　　把事情公開地說出來。
Vent anything at all.　想說什麼就說什麼。

□ 264. Declare opinions.　　　　　表明你的看法。
Describe feelings.　　　　描述你的感受。
Write candid comments.　寫出誠實的評論。

＊＊────────────

262. vent〔vɛnt〕*v.* 表達（= *express*）；發洩（情緒）（= *express a negative emotion in a forceful and often unfair way*）
site〔saɪt〕*n.* 網站　　speak〔spik〕*v.* 說出（事實、思想等）
mind〔maɪnd〕*n.* 心；想法　　***speak one's mind*** 說出心裡的話

263. ***open up*** 打開心扉；敞開心胸；傾吐心聲
air〔ɛr〕*v.* 公開表達　　***at all*** 在任何程度上；在任何情況下
Vent anything at all. = Vent anything you want to say.

264. declare〔dɪ'klɛr〕*v.* 宣布；表明
opinion〔ə'pɪnjən〕*n.* 意見；看法
describe〔dɪ'skraɪb〕*v.* 描述
feelings〔'filɪŋz〕*n. pl.* 感情；感受
candid〔'kændɪd〕*adj.* 誠實的（= *honest*）
comment〔'kamɛnt〕*n.* 評論

要在評論區留言

□ **265.** Write a lot every day.　　　每天都要寫很多。

It gets you thinking in English!　能讓你用英文思考！

It really helps your speaking!　眞的對你的口說有幫助！

□ **266.** Step one, contact me.　　　第一步，和我連絡。

Step two, write and introduce　第二步，要用文字介紹你

yourself.　　　　　　　　自己。

Step three, join our wonderful　第三步，加入我們很棒的

team.　　　　　　　　　團隊。

□ **267.** Start a conversation.　　　要開始對話。

Ask any questions.　　　　問任何問題。

Ask me anything under the sun!　可以問我天底下的任何事！

** ─────────────

265. get〔gɛt〕*v.* 使

in〔ɪn〕*prep.* 用…（語言）

speaking〔'spikɪŋ〕*n.* 說；講話

266. step〔stɛp〕*n.* 一步　　contact〔'kɑntækt〕*v.* 連絡

introduce〔͵ɪntrə'djus〕*v.* 介紹　join〔dʒɔɪn〕*v.* 加入

wonderful〔'wʌndəfəl〕*adj.* 很棒的　team〔tim〕*n.* 團隊

267. start〔stɑrt〕*v.* 開始　　conversation〔͵kɑnvə'seʃən〕*n.* 對話

under the sun 世界上；天下；人間

要在評論區留言

☐ **268.** You can flatter someone. 　你可以恭維某人。
　　　　 You can flirt with someone. 　你可以和某人調情。
　　　　 You can joke around! 　你可以開玩笑！

☐ **269.** Writing comments is cool. 　寫評論很酷。
　　　　 It's heart-to-heart communication. 　它是敞開心扉的溝通。
　　　　 It's truly "give and take." 　它真的是「思想交流」。

☐ **270.** Writing is intimate. 　寫作是親密的。
　　　　 You make close friends. 　你能結交親密的朋友。
　　　　 It's a beautiful thing. 　這是很美好的事。

** ————————————

268. flatter〔'flætɚ〕 *v.* 奉承；恭維
　　　flirt〔flɜt〕 *v.* 調情；打情罵俏
　　　joke around 開玩笑（＝*joke about*）

flirt

269. comment〔'kɑmɛnt〕 *n.* 評論
　　　cool〔kul〕 *adj.* 很酷的
　　　heart-to-heart〔'hɑrt tə 'hɑrt〕 *adj.* 敞開心扉的；坦率的
　　　communication〔kə,mjunə'keʃən〕 *n.* 溝通
　　　give and take 互相忍讓；思想交流；交談

270. writing〔'raɪtɪŋ〕 *n.* 寫作
　　　intimate〔'ɪntəmɪt〕 *adj.* 親密的　　***make friends*** 交朋友
　　　close〔klos〕 *adj.* 親近的；親密的　　***close friend*** 密友

要在評論區留言

4. 可利用影片及評論內容

□ **271.** Use my site.　　　　　　　　　　利用我的網站。

Write many comments to me.　　　寫很多評論給我。

Write to learn extremely fast.　　　要寫才能非常快速地學習。

□ **272.** Use our material to give a speech.　用我們的資料去演講。

It's easier than in Chinese.　　　　這比用中文演講容易。

Speaking English is a sign of　　　說英文是一個成功的象

success.　　　　　　　　　　　　徵。

□ **273.** Make a speech from my videos.　　用我的影片內容來演講。

Write an essay from my words.　　用我的話用寫一篇文章。

Our material can't be beat.　　　　我們的資料無人能比。

** ————————————

271. site〔saɪt〕*n.* 網站（= *website*）

comment〔'kɑmɛnt〕*n.* 評論

extremely〔ɪk'strimlɪ〕*adv.* 極度地；非常

272. material〔mə'tɪrɪəl〕*n.* 資料　　speech〔spitʃ〕*n.* 演講

give a speech 發表演說　　in〔ɪn〕*prep.* 用（…語言）

sign〔saɪn〕*n.* 跡象；標誌；象徵　　success〔sək'sɛs〕*n.* 成功

273. *make a speech* 發表演講　　video〔'vɪdɪ,o〕*n.* 影片

essay〔'ɛse〕*n.* 論說文；短文；文章

words〔wɝdz〕*n. pl.* 言語；話　　beat〔bit〕*v.* 打敗；勝過

sth. can't be beat 找不到比…更好的東西

☐ 274. Great news! 　　　　　　好消息！
Don't learn! 　　　　　　不要學習！
Just use! 　　　　　　　　只要使用！

☐ 275. Don't try to learn. 　　　不要努力學習。
Learning is too slow. 　　學習太慢了。
Just use our material right away. 　只要立刻使用我們的資料。

☐ 276. This is a breakthrough. 　這是一項突破。
It's a new invention. 　　是新的發明。
It's an amazing discovery. 　是令人驚訝的發現。

☐ 277. Learn by doing. 　　　　從使用中學習。
Learn by writing. 　　　　利用寫作來學。
Copy me word for word. 　要一字一字地模仿我。

** ───────────────

274. great〔gret〕*adj.* 極好的；很棒的
news〔njuz〕*n.* 消息
275. ***try to V.*** 試圖⋯；努力⋯　　slow〔slo〕*adj.* 慢的
material〔mə'tırıəl〕*n.* 資料　***right away*** 立刻；馬上
276. breakthrough〔'brek͵θru〕*n.* 突破
invention〔ın'vɛnʃən〕*n.* 發明　amazing〔ə'mezıŋ〕*adj.* 驚人的
discovery〔dı'skʌvərı〕*n.* 發現
277. by〔baı〕*prep.* 藉由　　copy〔'kɑpı〕*v.* 模仿
word〔wɝd〕*n.* 字；單字　***word for word*** 一字一字地；逐字地

要在評論區留言

☐ **278.** What you learn must be used. 　你學到的必須要使用。
You must apply it right away. 　你必須立刻運用它。
If not, you lose it all. 　如果不這樣，你會失去一切。

☐ **279.** Use English as soon as possible. 　要儘快使用英文。
Using leads to learning. 　使用導致學習。
Start learning lightning fast. 　要開始快速地學。

☐ **280.** Here's the simple truth. 　這裡有個簡單的事實。
You need to write to learn English. 　要學英文你需要書寫。
Our site is the only way. 　我們的網站是唯一的方式。

☐ **281.** Use my words. 　用我說的話。
Rewrite and recite. 　再寫一遍並朗誦。
Mimic and copy me. 　要模仿我。

** ———————

278. apply〔ə'plaɪ〕v. 應用
If not 是由 If you don't apply it right away 的省略。
lose〔luz〕v. 失去　　***lose it all*** 失去一切
279. ***as soon as possible*** 儘快（= *ASAP*）
lead to 導致；造成　　lightning〔'laɪtnɪŋ〕n. 閃電
lightning fast 快如閃電地（= *incredibly fast*）
280. ***Here's ....*** 這裡有…。　　truth〔truθ〕n. 事實
site〔saɪt〕n. 網站（= *website*）
281. words〔wɝdz〕n. pl. 言詞；話　　rewrite〔ri'raɪt〕v. 改寫；重寫
recite〔rɪ'saɪt〕v. 背誦；朗誦　　mimic〔'mɪmɪk〕v. 模仿
copy〔'kɑpɪ〕v. 模仿

☐ **282.** Write in my English words.
No one is better.
You can be the best.

要用我說的英文句子來寫。
沒有人比你更好。
你可以成為最棒的。

☐ **283.** You don't need to study.
There's no worry or hurry.
Just copy our comments and
write.

你不需要學習。
不必擔心或著急。
只要模仿我們的評論來
寫。

☐ **284.** Write to learn fast.
Write to improve quickly.
Write to retain and remember.

要快速學習就要寫。
要快速進步就要寫。
要牢記就要寫。

☐ **285.** Writing must be immediate.
Write without delay.
To learn, do it right away.

必須立即書寫。
要立刻寫。
要學習，就要馬上這麼做。

＊＊────────────

282. in〔ɪn〕*prep.* 用⋯（語言）　　words〔wɝdz〕*n. pl.* 言語；話
283. worry〔'wɝɪ〕*n.* 擔心　　hurry〔'hɝɪ〕*n.* 匆忙；急忙
copy〔'kɑpɪ〕*v.* 模仿　　comment〔'kɑmɛnt〕*n.* 評論
284. improve〔ɪm'pruv〕*v.* 改善；進步
retain〔rɪ'ten〕*v.* 保留；不忘；記憶
285. immediate〔ɪ'midɪɪt〕*adj.* 立即的　　delay〔dɪ'le〕*n.* 拖延
without delay 立刻　　***right away*** 立刻

要在評論區留言

□ 286. Write out my sentences. 　要完整寫出我的句子。

Write them down word for 　把它們逐字寫下來。

word.

Then text them to me. 　然後再傳給我。

□ 287. Don't be shy or lazy. 　不要害羞或懶惰。

More comments, please. 　請多寫一些評論。

Make your voice heard. 　要發表你的意見。

□ 288. You students light up my life. 　你們這些學生照亮我的生命。

Your feedback empowers me. 　你們的意見給我力量。

Your comments fire me up. 　你們的評論點燃我的熱情。

**

286. ***write out*** 完整寫出　　***write down*** 把…寫下來

word for word 一字一字地；逐字地　　text (tɛkt) *v.* 傳 (簡訊)

287. shy (ʃaɪ) *adj.* 害羞的　　lazy ('lezɪ) *adj.* 懶惰的

comment ('kɑmɛnt) *n.* 評論

make (mek) *v.* 使　　voice (vɔɪs) *n.* 聲音

make *one's* ***voice heard*** 發表意見

288. ***light up*** 照亮　　feedback ('fid,bæk) *n.* 反饋；意見反應

empower (ɪm'pauɚ) *v.* 賦與力量

fire up 激發；煽動；使充滿熱情

要在評論區留言

☐ **289.** Remember to write. | 要記得寫。
Try your best at writing. | 要盡力寫。
Writing works wonders. | 寫作能創造奇績。

☐ **290.** Using a phone makes writing | 使用手機能使寫作變容
easy. | 易。
You just compose and revise. | 你只要書寫並修正。
You just write comments | 你只要寫評論並改正。
and correct them.

☐ **291.** Our site stresses writing. | 我們的網站強調寫作。
We emphasize writing | 我們強調要多寫評論。
comments a lot.
Our research proves this is best. | 我們的研究證實寫作非常
【不能用 the best，因為沒有比較】 | 好。

** ——————————————

289. *try one's best* 盡力　　wonder〔'wʌndɚ〕*n.* 奇蹟
work wonders 創造奇蹟（= *do wonders*）
290. phone〔fon〕*n.* 電話；手機（= *cell phone*）
compose〔kəm'poz〕*v.* 創作；寫
revise〔rɪ'vaɪz〕*v.* 修正
comment〔'kɑmɛnt〕*n.* 評論　　correct〔kə'rɛkt〕*v.* 改正
291. site〔saɪt〕*n.* 網站（= *website*）　　stress〔strɛs〕*v.* 強調
emphasize〔'ɛmfə͵saɪz〕*v.* 強調
research〔'risɝtʃ〕*n.* 研究　　prove〔pruv〕*v.* 證實；證明

5. 在評論區留言有助於學習

□ **292.** Work hard with me.
Write to me a lot every day.
I promise you'll learn super fast.

和我一起努力。
要每天寫很多留言給我。
我保證你會學得超級快。

□ **293.** Writing comments beats
speaking words.
You think in English and retain
English better.
That's why my site is so
effective.

在評論區留言勝過說話。
你更能用英文思考，並更
牢記英文。
那就是為什麼我的網站這
麼有效的原因。

□ **294.** Keep writing and interacting.
Be diligent and follow me.
With hard work and my methods
you'll win.

要持續寫作和互動。
要勤奮並且關注我。
努力再加上我的方法，你
就會成功。

** ───────────

292. ***work hard*** 努力工作；努力　***write to*** *sb.* 寫信給某人
　a lot 常常　　promise〔'prɑmɪs〕*v.* 保證
　super〔'supɚ〕*adv.* 超級；非常
293. comment〔'kɑmɛnt〕*n.* 評論　　beat〔bit〕*v.* 打敗；勝過
　word〔wɝdz〕*n. pl.* 言辭；話　　retain〔rɪ'ten〕*v.* 保留；記住
　effective〔ə'fɛktɪv, ɪ-〕*adj.* 有效的
294. interact〔͵ɪntɚ'ækt〕*v.* 互動
　diligent〔'dɪlədʒənt〕*adj.* 勤勉的；用功的
　follow〔'fɑlo〕*v.* 追隨；追蹤；密切注意；對…關注
　hard work 努力
　method〔'mɛθəd〕*n.* 方法　　win〔wɪn〕*v.* 獲得勝利；成功

□ **295.** Start writing now.
Start with us today.
Start studying the right way.

現在就開始寫。
今天就和我們一起開始。
開始用正確的方法學習。

□ **296.** Writing English is our focus.
While writing, you learn and grow.
By writing, you gain many friends.

寫英文是我們的重點。
當你寫作時，你就在學習和成長。
藉由寫作，你能獲得許多朋友。

□ **297.** Day after day, you improve.
Week by week, you progress.
Before you know it, your English is great.

你會一天一天地進步。
你會一週一週地進步。
很快地，你的英文就會很棒。

**────────────

295. start〔stɑrt〕v. 開始
study〔'stʌdɪ〕v. 學習；研讀　way〔we〕n. 方法；方式
296. focus〔'fokəs〕n. 焦點；重點
While writing 是由 While you are writing 簡化而來。
grow〔gro〕v. 成長　gain〔gen〕v. 獲得
297. ***day after day*** 一天又一天　improve〔ɪm'pruv〕v. 改善；進步
week by week 每星期；每週（= *week after week*）
progress〔prə'grɛs〕v. 進步
before you know it 很快地（= *very soon*）
great〔gret〕adj. 極好的；很棒的

☐ **298.** Use my triples.

Use my words.

Write, rewrite, and write some more!

用我的三句一組的方法。

用我說的話。

寫、重寫，並且再多寫一些！

☐ **299.** Reciting strengthens memory.

Writing stimulates your mind.

My method benefits your health.

背誦能增強記憶力。

寫作能刺激你的大腦。

我的方法對你的健康有益。

☐ **300.** Writing comments is better than conversation with foreigners.

The written word lasts forever.

Thoughtful learning is better than talk.

在評論區留言比和外國人對話要好。

書寫的文字能永遠存在。

有思想的學習比談話更好。

** ─────────

298. words〔wɜdz〕*n. pl.* 話　　rewrite〔ri'raɪt〕*v.* 改寫；重寫

299. recite〔rɪ'saɪt〕*v.* 背誦　　strengthen〔'strɛŋθən〕*v.* 增強
memory〔'mɛmərɪ〕*n.* 記憶力
stimulate〔'stɪmjə,let〕*v.* 刺激　　method〔'mɛθəd〕*n.* 方法
benefit〔'bɛnəfɪt〕*v.* 使受益　　health〔hɛlθ〕*n.* 健康

300. comment〔'kamɛnt〕*n.* 評論
conversation〔,kɑnvə·'seʃən〕*n.* 對話
foreigner〔'fɔrɪnə·〕*n.* 外國人
written〔'rɪtn̩〕*adj.* 書寫的　　last〔læst〕*v.* 持續存在
forever〔fə·'ɛvə·〕*adv.* 永遠
thoughtful〔'θɔtfəl〕*adj.* 富有思想的

要在評論區留言

□ 301. Write me!　　　　　　　　　　　寫留言給我！

I'll reply.　　　　　　　　　　　我會回覆。

Let the conversation begin!　　　讓我們開始對話吧！

□ 302. Write a note.　　　　　　　　　　寫封短信。

Write something in English!　　　用英文寫點東西！

Write anything at all.　　　　　　寫任何內容都可以。

□ 303. Writing helps testing.　　　　　寫作有助於考試。

You'll ace exams.　　　　　　　　你考試會得到好成績。

You'll be an expert test taker.　你會成為考試高手。

** ————

301. write〔raɪt〕v. 寫信給
reply〔rɪ'plaɪ〕v. 回覆
conversation〔͵kɑnvɚ'seʃən〕n. 對話

302. note〔not〕n. 紙條；短信　　　in〔ɪn〕prep. 用…（語言）
at all 在任何程度上；在任何情況下

303. test〔tɛst〕v. 接受測驗；參加測驗
ace〔es〕v. 在…中得到好成績　　n. 撲克牌的 A
expert〔'ɛkspɝt〕adj. 熟練的；專家的
test taker 參加考試的人；考生（= *test-taker*）

6. 稱讚評論區的留言

☐ **304**. Nicely put. 　　　　　　　　說得眞好。

Nice statement. 　　　　　　　說得眞好。

You write English so well. 　你英文寫得很好。

☐ **305**. Well written. 　　　　　　　寫得眞好。

You wrote it right. 　　　　　你寫得很對。

Now you are catching on. 　你現在懂了。

☐ **306**. I like your comments. 　　　我喜歡你的評論。

I welcome your feedback. 　我歡迎你的意見。

We can improve together. 　我們可以一起進步。

** ───────────

304. nicely〔'naɪslɪ〕 *adv.* 令人滿意地；令人愉快地

put〔pʊt〕 *v.* 說

Nicely put. 也可説成：Well said.（說得好。）

nice〔naɪs〕 *adj.* 好的　　statement〔'stetmənt〕 *n.* 敘述；聲明

305. ***Well written.*** 也可説成：Nice writing.（寫得很好。）

right〔raɪt〕 *adv.* 正確地　　***catch on*** 理解；明白

306. comment〔'kɑmɛnt〕 *n.* 評論

feedback〔'fid,bæk〕 *n.* 反饋；意見反應

improve〔ɪm'pruv〕 *v.* 改善；進步

要在評論區留言

☐ **307.** Wonderful words.

Delightful comments.

I'm joyful because of you.

說得眞棒。

眞是令人愉快的評論。

因爲你我很高興。

☐ **308.** Masterful writing.

Meaningful words.

Colorful comments, thank you.

寫得很出色。

說的話很有意義。

留言很有趣，謝謝。

☐ **309.** Keep writing comments.

They cheer me up.

They warm my heart.

要持續寫評論。

它們讓我振作精神。

它們使我的心中感到溫暖。

** ───────────────

307. wonderful〔'wʌndɚfəl〕*adj.* 很棒的

words〔wɝdz〕*n. pl.* 字；言詞；話

delightful〔dɪ'laɪtfəl〕*adj.* 令人愉快的

comment〔'kɑmɛnt〕*n.* 評論

joyful〔'dʒɔɪfəl〕*adj.* 高興的　　***because of*** 因爲

308. masterful〔'mæstɚfəl〕*adj.* 熟練的；出色的；名家的

writing〔'raɪtɪŋ〕*n.* 書寫；寫作

meaningful〔'minɪŋfəl〕*adj.* 有意義的；意味深長的

colorful〔'kʌlɚfəl〕*adj.* 多彩多姿的；生動的；有趣的

309. ***cheer*** *sb.* ***up*** 激勵某人　　warm〔wɔrm〕*v.* 使感到溫暖

heart〔hɑrt〕*n.* 心

☐ **310.** Such useful input.　　　　　很有用的資訊。

Helpful advice.　　　　　　很有幫助的建議。

Beautiful words, thank you.　非常優美的文字，謝謝你。

☐ **311.** Powerful writing.　　　　　寫得很有力量。

Graceful style.　　　　　　風格很優雅。

Your English is awesome.　你的英文很棒。

☐ **312.** I love hearing your ideas.　我很喜歡聽你的想法。

Write your comments.　　　要寫你的評論。

Your opinions matter to me.　你的意見對我很重要。

** ─────────────

310. such〔 sʌtʃ 〕*adv.* 如此地；非常

input〔 ˈɪnˌpʊt 〕*n.* 輸入的資訊；訊息

advice〔 ədˈvaɪs 〕*n.* 勸告；建議

311. powerful〔 ˈpaʊəfəl 〕*adj.* 強有力的

writing〔 ˈraɪtɪŋ 〕*n.* 書寫；寫作

graceful〔 ˈgresfəl 〕*adj.* 優雅的

style〔 staɪl 〕*n.* 風格　　awesome〔 ˈɔsəm 〕*adj.* 很棒的

312. love〔 lʌv 〕*v.* 喜愛；喜歡　　idea〔 aɪˈdiə 〕*n.* 想法；點子

opinion〔 əˈpɪnjən 〕*n.* 意見；想法

matter〔 ˈmætə 〕*v.* 重要

7. 提供建議 (Advice)

在網站上，你可以把你的理念告訴你的粉絲，如用手機學英文是現在的趨勢，只要看我們線上的課程，不要浪費時間亂學。一個人學太無趣，在網上交友、學英文，有無限的想像空間。

1. 用手機學英文

☐ 313. Here's useful advice.　　　　　有一個很有用的建議。
Learn English on your phone.　　用你的手機學英文。
It's convenient and quick.　　　既方便又快速。

☐ 314. Use your phone.　　　　　　　使用你的手機。
Utilize its functions.　　　　　利用它的功能。
It's the easiest and fastest　　是最容易又最快速的方法。
method.

☐ 315. Your phone is your teacher.　　你的手機就是你的老師。
It's your tutor and mentor.　　它是你的家教和導師。
It's your one-on-one, face-to-　它是和你一對一、面對面的
face guide.　　　　　　　　　指導者。

** ——————————————————————

313. useful〔'jusfəl〕*adj.* 有用的　　advice〔əd'vaɪs〕*n.* 勸告；建議
phone〔fon〕*n.* 電話；手機（= *cell phone*）
on one's **phone** 用電話　　convenient〔kə'vinjənt〕*adj.* 方便的

314. utilize〔'jutḷ‚aɪz〕*v.* 利用　　function〔'fʌŋkʃən〕*n.* 功能
method〔'mɛθəd〕*n.* 方法

215. tutor〔'tjutɚ〕*n.* 家庭教師　　mentor〔'mɛntor〕*n.* 導師；良師益友
one-on-one〔'wʌn ɑn 'wʌn〕*adj.* 一對一的
face-to-face〔‚fes tə 'fes〕*adj.* 面對面的　　guide〔gaɪd〕*n.* 指導者

□ **316**. Use English on your phone.　在手機上使用英文。

It's faster and better.　更快又更好。

It's handy and helpful, too.　而且既方便又有用。

□ **317**. Use it or lose it.　如果你不使用，就會忘掉。

Don't get left behind.　不要落後。

Don't miss the English boat.　不要錯過學英文的機會。

□ **318**. Close your book.　合上你的書。

Turn on your phone.　打開你的手機。

My videos are best!　我的作品最好！

** ————————————

316 phone〔fon〕*n.* 電話；手機（= *cell phone*）

handy〔'hændɪ〕*adj.* 便利的；正合用的

helpful〔'hɛlpfəl〕*adj.* 有幫助的；有用的

cell phone

317. or〔ɔr〕*conj.* 否則　　lose〔luz〕*v.* 失去

Use it or lose it. 用進廢退；如果一段時間不使用，就一定會退步。

leave…behind 把…留下；把…丟下

get left behind 落後　　miss〔mɪs〕*v.* 錯過

miss the boat 錯過機會（= *lose the chance or opportunity to do something*）

318. close〔kloz〕*v.* 關上；合上

turn on 打開（電源）

video〔'vɪdɪ,o〕*n.* 影片

video

提供建議

☐ **319.** Start learning now. 　　現在開始學習。
　　　Don't make excuses. 　　不要找藉口。
　　　You're never too young or 　　你絕不會太年輕或太老。
　　　　too old.

☐ **320.** It's crunch time. 　　現在是緊要關頭。
　　　Time to suck it up. 　　是該面對現實的時候了。
　　　When the going gets tough, 　　形勢越困難，勇者志越堅；艱
　　　　the tough get going. 　　難之路，唯勇者行。

☐ **321.** Get online. 　　要上網。
　　　Get connected. 　　要連上網路。
　　　Catch up and learn with us. 　　要跟上腳步，和我們一起學習。

＊＊ ─────────────

319. excuse ﹝ ɪk'skjus ﹞ *n.* 藉口　　***make excuses*** 找藉口
　　　never ﹝'nɛvɚ﹞ *adv.* 絕不
320. crunch ﹝ krʌntʃ ﹞ *n.* 左右為難；艱難局面；關鍵時刻
　　　suck ﹝ sʌk ﹞ *v.* 吸；吸收　　***suck it up*** 忍著點；撐下去；面對現實
　　　going ﹝'goɪŋ﹞ *n.* 進行；進展；情況（＝ *situation* ）
　　　tough ﹝ tʌf ﹞ *adj.* 困難的；頑強的；不屈不撓的
　　　the tough ＝ tough people ＝ strong people
　　　get going 開始
　　　When the going gets tough, the tough get going.
　　　＝ When the situation is difficult, strong people take action.
321. online ﹝͵ɑn'laɪn﹞ *adv.* 在線上；在網路上　　***get online*** 上網
　　　connect ﹝ kə'nɛkt ﹞ *v.* 連接　　***catch up*** 跟上

□ **322.** Get off your butt.　開始行動。

　　　Get on my site.　上我的網站。

　　　Get started learning English today.　今天就開始學英文。

□ **323.** Don't hesitate.　不要猶豫。

　　　Take part and participate.　要參與。

　　　Participate, participate, participate!　參與、參與、參與！

□ **324.** Surround yourself with English.　要讓你自己被英文環繞。

　　　Totally immerse yourself in　要讓自己完全沈浸於英文

　　　　English.　環境中。

　　　Learn to speak and write English　在我的網站上，學習說英

　　　　on my site.　文和寫英文。

提供建議

＊＊ ───────────

322. butt〔bʌt〕*n.* 屁股

get off one's *butt* 開始做某事（*= start doing something*）

get on 登上　site〔saɪt〕*n.* 網站（*= website*）

get started + *V-ing* 開始…

323. hesitate〔'hɛzə,tet〕*v.* 猶豫

take part 參與

participate〔par'tɪsə,pet〕*v.* 參與

324. surround〔sə'raʊnd〕*v.* 圍繞；環繞

totally〔'totl̩ɪ〕*adv.* 完全地

immerse〔ɪ'mɝs〕*v.* 使浸入；使沈浸在；使專心於

surround

☐ **325.** Get up to date. 要跟上時代。

Everyone is learning English. 每個人都在學英文。

Don't be stuck in the past. 不要留在過去。

☐ **326.** Focus on English. 要專注於英文。

Do one thing at a time. 一次只做一件事。

Just learn with me step by step. 只要跟著我一步一步地學。

☐ **327.** Say what I say. 說我說的話。

Speak what I speak. 說我說的話。

Copy me in every way 盡可能在每個方面都模仿

possible. 我。

** ———————

325. ***up to date*** 最新的；流行的；切合目前情況的

stuck〔stʌk〕*adj.* 卡住的；困住的 past〔pæst〕*n.* 過去

Don't be stuck in the past. 也可說成：Don't let the world

pass you by. (不要忽視這個世界。)

326. ***focus on*** 專注於 ***at a time*** 一次

step〔stɛp〕*n.* 一步 ***step by step*** 一步一步地

327. way〔we〕*n.* 方式；方面 ***in every way*** 在任何一方面

possible〔'pɑsəbl〕*adj.* 可能的

in every way possible

= in every way that is possible

☐ **328.** My advice to you is act now. | 我建議你現在就行動。
The ball is in your court. | 是由你來決定做或不做。
Success or failure is up to you. | 成功或失敗取決於你的決定。

☐ **329.** Make yourself better. | 要讓自己變得更好。
Make a fresh start. | 要有全新的開始。
Add English to your life. | 把英文加入你的生活中。

☐ **330.** Take my advice. | 聽我的勸告。
Spend your life learning English. | 終生學習英文。
Chinese plus English equals | 中文加上英文就等於快樂。
happiness.

** ───────────────

328. advice〔əd'vaɪs〕n. 勸告；建議　　act〔ækt〕v. 行動
court〔kort〕n. 球場　***The ball is in your court.*** 球在你的
球場上，表示「由你來決定。」　　success〔sək'sɛs〕n. 成功
failure〔'feljɚ〕n. 失敗　***be up to sb.*** 由某人決定

329. fresh〔frɛʃ〕adj. 新的；新鮮的　　start〔stɑrt〕n. 開始
Make a fresh start. = Get a fresh start.（要有全新的開始。）
add〔æd〕v. 增加　　***add A to B*** 把 A 加到 B
Add English to your life. 可說成：Add English to your life's
accompliments.（把英文加入你人生的成就中。）
【accomplishments〔ə'kɑmplɪʃmənts〕n. pl. 成就】

330. take〔tek〕v. 聽從　　spend〔spɛnd〕v. 花費；度過
plus〔plʌs〕prep. 加上　　equal〔'ikwəl〕v. 等於
Chinese plus English equals happiness.
= If you learn Chinese and English, you will have a happy life.

2. 看我的線上課程

□ **331.** View my site.
View all my lessons.
Progress by leaps and bounds.

看我的網站。
看我所有的課程。
會快速進步。

□ **332.** Check out each lesson.
Challenge yourself.
Make huge progress.

看每一個課程。
挑戰自我。
會有很大的進步。

□ **333.** Learn from every video.
Watch every lesson.
You'll gain and grow.

要跟著每個作品學。
要看每一堂課。
你會有收穫和成長。

** ————————————

331. view〔vju〕*v.* 看　　site〔saɪt〕*n.* 網站（= *website*）
progress〔prəˈgrɛs〕*v.* 進步　　leap〔lip〕*n.* 跳
bound〔baʊnd〕*n.* 彈跳　***by leaps and bounds*** 非常迅速地；
　快速地；大量地（= *in leaps and bounds*）

332. ***check out*** 查看　　challenge〔ˈtʃælɪndʒ〕*v.* 挑戰
huge〔hjudʒ〕*adj.* 巨大的
progress〔ˈprogrɛs〕*n.* 進步　***make progress*** 進步

333. video〔ˈvɪdɪˌo〕*n.* 影片
gain〔gen〕*v.* 獲得；受益　　grow〔gro〕*v.* 成長

☐ **334.** Master my videos.　　　　學好我的作品。
　　　　Mimic my words.　　　　模仿我說的話。
　　　　You'll do well on tests.　　你考試會考得很好。

☐ **335.** Learn from my lessons.　　從我的課程學習。
　　　　Learn every word by heart.　每句話都要背下來。
　　　　You'll be fluent soon.　　你很快就會很流利。

☐ **336.** Repeat and recite.　　　　跟著我唸，跟著我背。
　　　　Respond and reply.　　　要有回應和回答。
　　　　Memorize every sentence.　把每一個句子背下來。

☐ **337.** My program is simple.　　我的課程很簡單。
　　　　Just copy my material.　　只要模仿我的教材。
　　　　You must speak and write a lot.　你必須多說和多寫。

** ————————————

334. master〔'mæstɚ〕*v.* 精通；熟練
　　video〔'vɪdɪ,o〕*n.* 影片　　mimic〔'mɪmɪk〕*v.* 模仿
　　words〔wɝdz〕*n. pl.* 言語；話　***do well*** 考得好
335. ***learn…by heart*** 背誦；記憶　　fluent〔'fluənt〕*adj.* 流利的
336. repeat〔rɪ'pit〕*v.* 重複；跟著唸
　　recite〔rɪ'saɪt〕*v.* 朗誦　　respond〔rɪ'spɑnd〕*v.* 回應
　　reply〔rɪ'plaɪ〕*v.* 回答　　memorize〔'mɛmə,raɪz〕*v.* 背誦；記憶
337. program〔'progræm〕*n.* 課程　　simple〔'sɪmpḷ〕*adj.* 簡單的
　　copy〔'kɑpɪ〕*v.* 模仿　　material〔mə'tɪrɪəl〕*n.* 資料；教材

提供建議

338. Memorize my lessons.　　　　把我的課程背下來。

Make it a habit.　　　　　　變成習慣。

Make it part of your day.　　讓它成爲你生活的一部份。

339. Practice is important.　　　　練習很重要。

Practice English every day.　要每天練習英文。

Practice is the way.　　　　練習是最好的方法。

340. Browse hundreds of my videos.　要看一下我的數百部作品。

Learn natural, everyday　　要學習自然的日常對話。
　　dialogues.

Learn perfect English　　　要自然而然地學習最好的英
　　naturally.　　　　　　　文。

＊＊

338. memorize〔ˈmɛməˌraɪz〕v. 背誦;記憶
　　make〔mek〕v. 使成爲　　habit〔ˈhæbɪt〕n. 習慣
　　part〔pɑrt〕n. 部份　　*(a) part of* …的一部份
339. practice〔ˈpræktɪs〕n. v. 練習　　*is the way* = is the best way
340. browse〔brauz〕v. 瀏覽　　*hundreds of* 數以百計的
　　video〔ˈvɪdɪˌo〕n. 影片　　natural〔ˈnætʃərəl〕adj. 自然的
　　everyday〔ˈɛvrɪˌde〕adj. 日常的
　　dialogue〔ˈdaɪəˌlɔg〕n. 對話　　perfect〔ˈpɝfɪkt〕adj. 完美的
　　naturally〔ˈnætʃərəlɪ〕adv. 自然地

341. Review past lessons daily. 要每天複習以前的課程。
Memorize every dialogue. 要背下每一個對話。
Learn daily videos by heart. 把每一天的影片內容背下來。

342. Do what we do. 做我們所做的。
Say what we say. 說我們所說的。
Copy each video lesson for 爲了成功，要模仿每個影片課
success. 程。

343. Check out all my posts. 要看我所有的作品。
Early lessons teach songs. 早期的課程有教唱歌。
Singing is a great way to learn, 唱歌也是一種很好的學習方式。
too.

344. Don't think too much. 不要想太多。
Just speak and say it. 只要說就對了。
Just master each video. 要學好每一部作品。

提供建議

** ――――――

341. review〔rɪ'vju〕v. 複習　　past〔pæst〕adj. 過去的
daily〔'delɪ〕adv. 每天　adv. 每天的
memorize〔'mɛmə,raɪz〕v. 背誦；記憶
dialogue〔'daɪə,lɔg〕n. 對話　　video〔'vɪdɪ,o〕n. 影片
learn…by heart 默記；背誦
342. copy〔'kɑpɪ〕v. 模仿　　success〔sək'sɛs〕n. 成功
343. ***check out*** 查看　　post〔post〕n. 貼文；張貼的東西
great〔gret〕adj. 極好的；很棒的
344. master〔'mæstɚ〕v. 精通；熟練

☐ **345.** Learn fast. 　　　　　　　　快速學。

　　　　Learn easily. 　　　　　　　輕鬆學。

　　　　Learn from zero to hero with 　從頭到尾和我一起學。
　　　　me.

☐ **346.** Put English first. 　　　　　　把英文放在第一位。

　　　　Let passion motivate you. 　　　讓你對英文的熱愛激勵你。

　　　　Let passion push you to learn. 　讓你對英文的熱愛驅使你學習。

☐ **347.** Love English with me. 　　　　和我一起喜愛英文。

　　　　Improve your English with us. 　和我們一起改善你的英文。

　　　　Learn together with wonderful 　和很棒的人一起學習。
　　　　people.

＊＊ ――――――――――――――――

345. easily〔ˈizɪlɪ〕*adv.* 容易地；輕鬆地　　zero〔ˈzɪro〕*n.* 零
　　hero〔ˈhɪro〕*n.* 英雄

　　from zero to hero 源自德國歌手 Sarah Connor 2005 年專輯
　　Naughty But Nice 裡的一首歌曲。

346. ***put…first*** 把…放在第一位

　　passion〔ˈpæʃən〕*n.* 熱情；極度熱愛

　　motivate〔ˈmotə‚vet〕*v.* 激勵　　push〔puʃ〕*v.* 催促；驅使

347. improve〔ɪmˈpruv〕*v.* 改善；使進步

　　wonderful〔ˈwʌndəfəl〕*adj.* 很棒的

push

☐ **348.** Learn English my way! 用我的方法學英文！

　　 Have colorful conversations. 會有多彩多姿的對話。

　　 You'll lead a colorful life. 你會過著多彩多姿的生活。

☐ **349.** Learning English is a journey. 學英文是個旅程。

　　 It's a really fun adventure. 它是很有趣的探索。

　　 Take the trip with me. 和我一起旅行吧。

☐ **350.** Try my triples for a week. 試試我三句一組的方法一週。

　　 It will change your life. 它會改變你的一生。

　　 You'll never be the same again. 你會脫胎換骨。

☐ **351.** Just commit for a week. 只要認真投入一個星期。

　　 That's only twenty-one lessons. 只有二十一堂課。

　　 That's all it takes to get hooked. 那就足以使人上癮。

提供建議

** ——————————

348. way〔we〕*n.* 方法；方式　　**(in) my way** 用我的方法
colorful〔'kʌləfəl〕*adj.* 多彩多姿的；有趣的；生動的
conversation〔,kɑnvə'seʃən〕*n.* 對話
lead a ~ life 過~生活（= *live a ~ life*）

349. journey〔'dʒɜnɪ〕*n.* 旅程　　really〔'riəlɪ〕*adv.* 真地；很；非常
fun〔fʌn〕*adj.* 有趣的　　adventure〔əd'vɛntʃə〕*n.* 冒險
take a trip 去旅行

350. triple〔'trɪpl̩〕*n.* 三個一組　　change〔tʃendʒ〕*v.* 改變
same〔sem〕*adj.* 相同的

351. commit〔kə'mɪt〕*v.* 投入　　take〔tek〕*v.* 需要
hooked〔hʊkt〕*adj.* 上癮的；著迷的

□ **352.** Participate now. 　　　　　　現在就參與。

　　　 Jump right in. 　　　　　　　　立刻加入。

　　　 Join my English program. 　　　加入我的英語課程。

□ **353.** Get involved. 　　　　　　　　要參加。

　　　 Get in the game. 　　　　　　　要參與。

　　　 Jump right into English. 　　　　立刻加入學英文的行列。

□ **354.** You'll start loving English. 　　你會開始喜愛英文。

　　　 Your passion for English will 　　你對英文的熱愛會發光、

　　　　 grow and shine. 　　　　　　發亮。

　　　 You'll become addicted. 　　　　你會對英文上癮。

** ———————————————

352. participate〔par'tɪsə,pet〕*v.* 參與
　　jump in 突然加入；迅速參與　　right〔raɪt〕*adv.* 立刻
　　join〔dʒɔɪn〕*v.* 加入　　program〔'progræm〕*n.* 課程

353. involved〔ɪn'valvd〕*adj.* 參與的
　　get in the game 參與遊戲；參與
　　jump into 快速地加入；急切投入

354. passion〔'pæʃən〕*n.* 熱情；熱愛 < *for* >
　　grow〔gro〕*v.* 成長　　shine〔ʃaɪn〕*v.* 閃閃發光；變得傑出
　　addicted〔ə'dɪktɪd〕*adj.* 上癮的

3. 不要浪費時間亂學

☐ **355.** Dear friends, fans, and followers.
Here's some advice.
Use my triple talk method.

親愛的朋友、粉絲,和追隨者。
這裡有一些建議。
要用我一次說三句的方法。

☐ **356.** You can't learn at random.
You'll end up nowhere.
You'll give up in despair.

你不能亂學。
你最後會失敗。
你會絕望地放棄。

☐ **357.** Learn what to study!
Study only what's useful.
Save yourself years of time.

要知道應該學什麼!
只學有用的。
讓自己節省好幾年的時間。

** ───────

355. fan 〔 fæn 〕 *n.* 迷;粉絲　　follower 〔 'faloɚ 〕 *n.* 追蹤者;追隨者
advice 〔 əd'vaɪs 〕 *n.* 勸告;建議
triple 〔 'trɪpļ 〕 *adj.* 三重的;三句的　*n.* 三個一組
talk 〔 tɔk 〕 *n.* 談話;講話　　method 〔 'mɛθəd 〕 *n.* 方法
356. random 〔 'rændəm 〕 *adj.* 隨機的;任意的
at random 隨意地;漫無目的地　　*end up* 最後
nowhere 〔 'no,hwɛr 〕 *adv.* 毫無結果;不成功　　*give up* 放棄
despair 〔 dɪ'spɛr 〕 *n.* 絕望　　*in despair* 絕望地
357. learn 〔 lɝn 〕 *v.* 得知
Learn what to study!
= Find out what you should study! (要弄清楚你應該學什麼!)
useful 〔 'jusfəl 〕 *adj.* 有用的　　save 〔 sev 〕 *v.* 使節省

提供建議

☐ **358.** Stop wasting time!　　　不要再浪費時間！
Stop learning useless stuff!　　停止學習沒有用的東西！
Just learn necessary English.　　只學用得到的英文。

☐ **359.** Stop studying randomly.　　不要再亂學了。
Stop following the blind.　　不要再問道於盲。
Just learn current street talk　　只要和我學最新流行的日
　　with me.　　常用語。

☐ **360.** Just commit and work hard.　　只要投入和努力。
Just speak and write daily.　　只要每天說和寫。
I guarantee your dream of　　我保證你說英文的夢想會
　　speaking English will come　　實現。
　　true.

** ─────────────

358. waste〔west〕v. 浪費
useless〔'juslɪs〕adj. 沒有用的　　stuff〔stʌf〕n. 東西
necessary〔'nɛsə,sɛrɪ〕adj. 必要的；必需的
359. randomly〔'rændəmlɪ〕adv. 漫無目的地；隨意地
follow〔'falo〕v. 跟隨　　*the blind* 盲人（= *blind people*）
follow the blind 問道於盲【源自諺語：The blind leading the
　　blind.（盲人給瞎子引路；外行指導外行。）】
current〔'kɜənt〕adj. 現在的　　*street talk* 街頭慣用語；生活用語
360. commit〔kə'mɪt〕v. 投入
work hard 努力工作；努力　　daily〔'delɪ〕adv. 每天
guarantee〔,gærən'ti〕v. 保證　　*come true* 成真；實現

□ **361.** Set goals. 設定目標。
Study two hours a day. 一天讀兩個小時的書。
Learn all three daily lessons. 每天上三堂課。

□ **362.** Schedule your time. 安排你的時間。
Never miss a lesson. 絕不要錯過任何一堂課。
Speak and write only English. 只用英文說和寫。

□ **363.** Stay positive. 保持正面的態度。
Stay on my course. 繼續上我的課。
Study and speak like hell. 要拼命學習說。

4. 勇敢開口說英文

□ **364.** Speaking is first. 說最重要。
Pronunciation is second. 發音其次。
Don't obsess about accent. 不要擔心口音。

** ───────────

361. set〔sɛt〕v. 設定　goal〔gol〕n. 目標　daily〔'delɪ〕adj. 每天的
362. schedule〔'skɛdʒul〕v. 排定　miss〔mɪs〕v. 錯過
363. stay〔ste〕v. 保持；停留　positive〔'pɑzətɪv〕adj. 正面的
course〔kors〕n. 課程　hell〔hɛl〕n. 地獄　*like hell* 拼命地
364. first〔fɝst〕adj.（重要程度）第一位的
Speaking is first. 也可說成：Speaking comes first.（說最重要。）
pronunciation〔prə,nʌnsɪ'eʃən〕n. 發音
second〔'sɛkənd〕adj.（重要性）居次位的
Pronunciation is second. 也可說成：Pronunciation comes
second.（發音其次。）　obsess〔əb'sɛs〕v. 煩惱 < *about* >

☐ **365.** Never criticize pronunciation. 絕不要批評他人的發音。

Never criticize accent. 絕不要批評他人的口音。

Don't destroy their hope. 不要摧毀他們的希望。

☐ **366.** Focus on speaking. 要專注於口說。

Focus on writing. 要專注於書寫。

Pronunciation is not that important. 發音並不是那麼重要。

提供建議

☐ **367.** Don't worry about accents. 不要擔心口音。

Don't mind pronunciation. 不要在意發音。

Both improve with time. 這兩個會逐漸改善。

☐ **368.** Don't overthink. 不要想太多。

Don't worry too much. 不要太擔心。

Just talk, talk, talk like crazy! 只要拼命說個不停就對了！

** ─────────

365. never〔'nɛvɚ〕*adv.* 絕不 criticize〔'krɪtə,saɪz〕*v.* 批評

pronunciation〔prə,nʌnsɪ'eʃən〕*n.* 發音

accent〔'æksɛnt〕*n.* 口音；腔調

destroy〔dɪ'strɔɪ〕*v.* 摧毀；破壞

366. *focus on* 專注於 writing〔'raɪtɪŋ〕*n.* 書寫

367. worry〔'wɝɪ〕*v.* 擔心 < *about* > mind〔maɪnd〕*v.* 介意；顧慮

improve〔ɪm'pruv〕*v.* 改善 *with time* 逐漸地；慢慢地

368. overthink〔'ovɚ'θɪŋk〕*v.* 想太多；想太久

Don't overthink. 也可說成：Don't think too much.（不要想太多。）

crazy〔'krezɪ〕*adj.* 瘋狂的 *like crazy* 發狂似地；拼命地

□ **369**. Don't hesitate. 不要猶豫。
Don't wait. 不要等待。
Talk to me now. 現在就跟我說。

□ **370**. Don't think at all. 完全不要思考。
Just recite and repeat. 只要不停地背誦。
Just say it, speak it, do it. 只管說，做就對了。

□ **371**. Speak English perfectly. 英文要說得完美無缺。
Speak with no mistakes. 要說得沒有錯誤。
Speak exactly like Americans. 要說得完全像美國人。

□ **372**. You must try. 你必須努力。
Make the effort. 要努力。
Make English your forte. 要使英文成為你的專長。

** ——————————

369. hesitate〔'hɛzə,tet〕*v.* 猶豫

370. ***not…at all*** 一點也不… 　　recite〔rɪ'saɪt〕*v.* 朗誦
repeat〔rɪ'pit〕*v.* 重複唸

371. perfectly〔'pɝfɪktlɪ〕*adv.* 完美地　　mistake〔mə'stek〕*n.* 錯誤
exactly〔ɪg'zæktlɪ〕*adv.* 精確地；完全地
American〔ə'mɛrɪkən〕*n.* 美國人

372. try〔traɪ〕*v.* 嘗試；努力
effort〔'ɛfɚt〕*n.* 努力　　***make an effort*** 努力
make〔mek〕*v.* 使成為　　forte〔for'te〕*n.* 專長

5. 正常速度訓練聽力

☐ 373. Get used to English. | 要習慣英文。

Make English second nature. | 要讓英文成爲你的習慣（第二

天性）。

Make it happen now. | 現在就去做吧。

☐ 374. Listen to English at normal speed. | 要聽正常速度的英文。

Learn how people naturally talk. | 要知道人們如何自然地說話。

It's best to train your ear this way. | 這樣訓練你的聽力最好。

☐ 375. Slow speaking spoils you. | 慢速說話會慣壞你。

It's not how English is spoken. | 英文不是這麼說的。

It makes you lazy or dependent. | 會使你變懶惰或依賴。

提供建議

**

373. ***get used to*** 習慣於

make〔mek〕*v.* 使成爲　　nature〔'netʃɚ〕*n.* 本質；天性

second nature 第二天性；習性【Habit is second nature.

【諺】習慣是第二天性。】　　***make it happen*** 去做吧

374. normal〔'nɔrml̩〕*adj.* 正常的　　speed〔spid〕*n.* 速度

naturally〔'nætʃərəlɪ〕*adv.* 自然地　　train〔tren〕*v.* 訓練

ear〔ɪr〕*n.* 耳朵；聽力　　***this way*** 這樣

375. spoil〔spɔɪl〕*v.* 寵壞　　lazy〔'lezɪ〕*adj.* 懶惰的

dependent〔dɪ'pɛndənt〕*adj.* 依賴的

6. 找人一起學習

☐ **376**. Find someone you like.
Have fun conversations.
Make a friend for life.

找個你喜歡的人。
進行有趣的對話。
結交終生的朋友。

☐ **377**. Don't study solo.
Learn together with me.
We have a team of two million!

不要單獨學習。
要和我一起學。
我們的團隊有兩百萬個成員！

☐ **378**. Do the right thing.
Make the right choice.
Make the wisest decision.

做對的事。
做對的選擇。
做最聰明的決定。

提供建議

＊＊ ─────────────

376. fun〔fʌn〕*adj.* 有趣的
conversation〔ˌkɑnvɚˈseʃən〕*n.* 對話
make a friend 交朋友　　***for life*** 終生

377. solo〔ˈsolo〕*adv.* 單獨地；獨自地　　team〔tim〕*n.* 團隊
million〔ˈmɪljən〕*n.* 百萬

378. choice〔tʃɔɪs〕*n.* 選擇　　***make a choice*** 做選擇
wise〔waɪz〕*adj.* 聰明的　　decision〔dɪˈsɪʒən〕*n.* 決定
make a decision 做決定

7. 不要拒絕學習

□ **379.** Don't ignore English.　　　　不要忽視英文。
　　　Don't refuse to learn.　　　　不要拒絕學習。
　　　Speaking English has many　　　會說英文有很多好處。
　　　　benefits.

□ **380.** Never deny English.　　　　絕不要否定英文。
　　　Never refuse to learn it.　　　絕不要拒絕學英文。
　　　Speaking English is one of　　　會說英文是人生中最重要的
　　　　life's greatest skills.　　　　技能之一。

□ **381.** Don't give up on English.　　不要放棄英文。
　　　You'll regret it someday.　　你將來有一天會後悔。
　　　Many wonders will have　　　你將會錯過許多很奇妙的事
　　　　passed you by.　　　　物。

** ————————————

379. ignore〔ɪg'nor〕v. 忽視　　refuse〔rɪ'fjuz〕v. 拒絕
　　　benefit〔'bɛnəfɪt〕n. 利益；好處

380. deny〔dɪ'naɪ〕v. 否定；否認
　　　great〔gret〕adj. 最大的；最棒的　　skill〔skɪl〕n. 技能

381. ***give up on*** 放棄對…的希望　　regret〔rɪ'grɛt〕v. 後悔
　　　someday〔'sʌm,de〕adv. 將來有一天
　　　wonder〔'wʌndɚ〕n. 驚奇；奇蹟；奇事
　　　pass sb. by 被某人忽略；未被某人注意

382. Please reconsider.　請再考慮一下。
　　 Please change your mind.　請改變你的心意。
　　 English has too many benefits　英文有太多優點，不容忽
　　　 to ignore.　視。

383. Open your mind.　打開你的心胸。
　　 Open your eyes.　張開你的眼睛。
　　 You must realize Chinese and　你必須了解中文和英文未
　　　 English are the future.　來會很有用。

384. Be bold.　要大膽。
　　 Be brave.　要勇敢。
　　 Be bilingual.　要會說兩種語言。

提供建議

** ————————————

382. reconsider〔ˌrikən'sɪdə〕v. 再考慮
　　 change one's mind 改變心意　　***too…to V.*** 太…以致於不
　　 benefit〔'bɛnəfɪt〕n. 利益；好處
　　 ignore〔ɪg'nor〕v. 忽視
383. mind〔maɪnd〕n. 心　　realize〔'riəˌlaɪz〕v. 了解
　　 future〔'fjutʃə〕n. 未來
　　 *… **Chinese and English are the future.***
　　 = … Chinese and English will be useful in the future.
384. bold〔bold〕adj. 大膽的　　brave〔brev〕adj. 勇敢的
　　 bilingual〔baɪ'lɪŋgwəl〕adj. 能說兩種語言的

8. 其他建議

☐ 385. Here's my advice.　　　　　以下是我的建議。
Avoid negative people.　　　　要避開有負面想法的人。
Ignore doubters, complainers,　　不要理那些心存懷疑、老是
　　and critics.　　　　　　　　抱怨，和愛批評的人。

☐ 386. Always count your blessings.　一定要想想你有多幸福。
Appreciate what you have.　　對你所擁有的心存感激。
That's the kind of English we　我們所教的就是這類的英文。
　　teach.

☐ 387. Stay positive and hopeful.　　保持樂觀並充滿希望。
Don't gripe or complain.　　不要抱怨。
Don't worry, and you'll succeed.　不要擔心，你就會成功。

提供建議

** ————————————

385. advice〔əd'vaɪs〕*n.* 勸告；建議　　avoid〔ə'vɔɪd〕*v.* 避免；避開
negative〔'nɛgətɪv〕*adj.* 負面的　　ignore〔ɪg'nor〕*v.* 忽視
doubter〔'daʊtɚ〕*n.* 抱持懷疑態度的人
complainer〔kəm'plenɚ〕*n.* 老是抱怨的人
critic〔'krɪtɪk〕*n.* 批評者
386. count〔kaʊnt〕*v.* 數　　blessing〔'blɛsɪŋ〕*n.* 幸運的事
count one's blessings 想想自己有多幸福
appreciate〔ə'priʃɪ,et〕*v.* 感激　　kind〔kaɪnd〕*n.* 種類
387. stay〔ste〕*v.* 保持
positive〔'pɑzətɪv〕*adj.* 正面的；積極的；樂觀的
hopeful〔'hopfəl〕*adj.* 充滿希望的
gripe〔graɪp〕*v.* 抱怨；發牢騷　　complain〔kəm'plen〕*v.* 抱怨
succeed〔sək'sid〕*v.* 成功

☐ **388.** Be blunt.　　　　　　　　　　　說話要直率。

　　　　Be straightforward.　　　　有什麼就說什麼。

　　　　Call a spade a spade.　　　【諺】要直言不諱；想說什麼，

　　　　　　　　　　　　　　　　　　就說什麼。

☐ **389.** Be a straight shooter.　　　要做一個直率的人。

　　　　Be to the point.　　　　　說話要切中要點。

　　　　Don't beat around the bush.　不要拐彎抹角。

☐ **390.** Don't mince words.　　　　說話不要太婉轉。

　　　　Pull no punches.　　　　要毫不保留地說。

　　　　Be yourself on our site.　　在我們的網站上，要做你自己。

＊＊————————————

388. blunt〔blʌnt〕*adj.* 直率的

　　straightforward〔ˌstret'fɔrwɚd〕*adj.* 直率的

　　spade〔sped〕*n.*（撲克牌的）黑桃

　　call a spade a spade「黑桃」表示不吉利，黑桃就說是黑桃，
　　　即「直言不諱；直截了當地說」。

389. straight〔stret〕*adj.* 直的；直率的　　shooter〔'ʃutɚ〕*n.* 槍手；射手

　　straight shooter 直率的人（= *someone who speaks the truth*）

　　to the point 切中要點　　beat〔bit〕*v.* 打

　　around〔ə'raʊnd〕*prep.* 在…附近　　bush〔bʊʃ〕*n.* 灌木叢

　　beat around the bush 拐彎抹角（= *beat about the bush*）

390. mince〔mɪns〕*v.*（用機器）切碎；絞碎

　　mince words 說話婉轉；說話謹慎

　　pull〔pʊl〕*v.* 拉；移開　　punch〔pʌntʃ〕*n.* 用拳頭打

　　pull no punches 毫不保留地表達看法　　site〔saɪt〕*n.* 網站

提供建議

☐ **391.** To share is to care. 分享是關愛。
To give is to receive. 能捨才能得。
Giving brings great joy. 付出能帶來極大的快樂。

☐ **392.** Share all you have. 要分享你擁有的一切。
Sharing helps so much. 和人分享有很多好處。
Helping others brings true 幫助別人能帶來真正的快
happiness. 樂。

☐ **393.** Don't fear being used. 不要害怕被利用。
Let others take advantage. 要讓別人佔便宜。
In reality, you gain the most. 事實上，你得到的最多。

** ─────────────

391. share〔ʃɛr〕*v.* 分享　　care〔kɛr〕*v.* 在乎；關心
To share is to care. 也可說成：Sharing is caring.（分享是關愛。）
receive〔rɪˈsiv〕*v.* 獲得　　bring〔brɪŋ〕*v.* 帶來
great〔gret〕*adj.* 大的　　joy〔dʒɔɪ〕*n.* 喜悅；快樂

392. benefit〔ˈbɛnəfɪt〕*v.* 獲利；獲益　　happiness〔ˈhæpɪnɪs〕*n.* 快樂

393. fear〔fɪr〕*v.* 害怕　　others〔ˈʌðɚz〕*pron.* 別人
advantage〔ədˈvæntɪdʒ〕*n.* 優點；好處；利益
take advantage 佔便宜　　***in reality*** 事實上
gain〔gen〕*v.* 獲得

☐ **394.** Know more people.　　　　要認識更多的人。

Travel anywhere.　　　　要到任何地方去旅行。

English is the global language.　英文是全球性的語言。

☐ **395.** Meet new people.　　　　要認識新朋友。

Make lots of friends.　　　要結交很多的朋友。

Mingle and mix on my site.　要在我的網站上和人來往。

提供建議

☐ **396.** Love what you do.　　　　要愛你所做的。

Do what you love.　　　　要做你所喜愛的。

Big money and joy will follow　大錢和喜悅會自己來。
　you.

＊＊ ─────────────

394. travel〔'trævḷ〕*v.* 旅行

anywhere〔'ɛnɪ,hwɛr〕*adv.* 在任何地方；往任何地方

global〔'globḷ〕*adj.* 全球的；全世界的；通用的

language〔'læŋgwɪdʒ〕*n.* 語言

395. meet〔mit〕*v.* 遇見；認識

make friends 交朋友

mingle〔'mɪŋgḷ〕*v.* 混合；交往；交際

mix〔mɪks〕*v.* 混合；交往；交際

site〔saɪt〕*n.* 網站（= *website*）

travel

396. ***big money*** 大筆的錢　　follow〔'falo〕*v.* 跟隨

□ **397.** Diet determines 20% of
　　　 longevity!
　　　 Exercise is 30%!
　　　 Happiness is 50%!

壽命有多長，飲食決定百分之
二十！
運動是百分之三十！
快樂是百分之五十！

□ **398.** Twenty percent of longevity
　　　 depends on eating good food.
　　　 Thirty percent comes from a
　　　 healthy lifestyle.
　　　 Fifty percent rests in a happy
　　　 mindset.

壽命有多長，百分之二十取決
於吃好的食物。
百分之三十來自健康的生活方
式。
百分之五十來自快樂的心態。

□ **399.** Live a great long time.
　　　 Have a wonderful long life.
　　　 Just eat right, exercise, and be
　　　 happy.

要活得久。
要活得又久又快樂。
只要吃得對、運動，而且愉
快。

提供建議

** ——————————

397. diet〔ˋdaɪət〕*n.* 飲食　　determine〔dɪˋtɝmɪn〕*v.* 決定
　　20% 唸成 twenty percent。　　longevity〔lanˋdʒɛvətɪ〕*n.* 長壽
　　exercise〔ˋɛksɚ͵saɪz〕*n. v.* 運動　　happiness〔ˋhæpɪnɪs〕*n.* 快樂

398. percent〔pɚˋsɛnt〕*n.* 百分之…
　　depend on 依賴；取決於；視…而定
　　healthy〔ˋhɛlθɪ〕*adj.* 健康的　　lifestyle〔ˋlaɪf͵staɪl〕*n.* 生活方式
　　rest in 起源於（= *derive from*）；在於（= *reside in*）
　　mindset〔ˋmaɪnd͵sɛt〕*n.* 心態

399. ***a great long time*** 很長的一段時間
　　wonderful〔ˋwʌndɚfəl〕*adj.* 很棒的
　　long life 長壽　　right〔raɪt〕*adv.* 正確地

8. 激勵粉絲 (Encouragement)

　　強迫學英文沒有用，無法持續。要激勵粉絲們，從喜歡英文，到為英文著迷，熱愛英文，熱愛學習。鼓勵粉絲使用英文，和英文談戀愛，成為你永遠的好朋友。

1. 要開始學英文【勸在網站上用中文留言的人】

☐ **400.** Wake up, everybody!
Come to your senses!
It's time to be smart.

大家醒一醒！
腦筋搞清楚一點！
是該聰明的時候了。

☐ **401.** No more Chinese.
You don't need it.
You already know it.

不要再說中文了。
你不需要中文。
你已經會中文了。

☐ **402.** Stop speaking Chinese on
this site.
Stop writing Chinese.
Start using English now.

不要在這個網站上說中文。

不要再寫中文了。
現在開始要用英文。

激勵粉絲

**　**

** —————————

400. *wake up* 醒來；振作起來　　sense〔sɛns〕*n.* 知覺；理智
come to one's senses 醒悟過來；覺悟；變得理智
It's time to V. 是該…的時候了　　smart〔smɑrt〕*adj.* 聰明的
401. *no more* 不再；不要再有 (= *not any more*)
402. site〔saɪt〕*n.* 網站 (= *website*)

□ **403.** Say it in English. | 用英文說。
Speak up. | 說大聲一點。
Speak out. | 大膽地說出來。

□ **404.** Be fluent in English. | 要說流利的英文。
Speak perfect English. | 要說最好的英文。
Speak like a native speaker. | 要說得像外國人一樣。

□ **405.** You'll make progress fast. | 你會進步得很快。
You'll move forward quickly. | 你會向前進步得很快。
It's a beautiful feeling. | 這個感覺很棒。

□ **406.** Knowing nothing about | 不懂英文沒關係。
　　English is OK.
You have no bad habits. | 你沒有不良的習慣。
You can make a fresh start. | 你可以有全新的開始。

激勵粉絲

** ————————

403. *speak up* 更大聲地說　　*speak out* 大膽地說出
404. fluent〔'fluənt〕*adj.* 流利的；精通的 < *in* >
perfect〔'pɝfɪkt〕*adj.* 完美的　　native〔'netɪv〕*adj.* 本地的
native speaker 說母語的人
405. progress〔'progrɛs〕*n.* 進步　　*make progress* 進步
forward〔'fɔrwəd〕*adv.* 向前
move forward 前進；進步　　quickly〔'kwɪklɪ〕*adv.* 快地
406. *know nothing about* 不知道　　OK〔'o'ke〕*adj.* 沒問題的
habit〔'hæbɪt〕*n.* 習慣　　fresh〔frɛʃ〕*adj.* 新的；新鮮的
make a start 開始

□ **407.** Not knowing English at all is a
　　　blessing.
　　We can learn perfect sentences.
　　It's a blessing in disguise.

不懂英文反而是一大幸
福。
我們可以學最好的句子。
【諺】因禍得福。

□ **408.** Work hard.
　　Hard work gets results.
　　The most beautiful English is
　　　learned through hard work.

努力學習。
努力學習有效果。
苦練出來的英文最美。

□ **409.** Be first to act.
　　Take the lead.
　　Take the English bull by the horns.

要第一個採取行動。
要率先行動。
學英文要不畏艱難。

□ **410.** Get moving now.
　　Grow and gain.
　　It feels so good.

現在開始吧。
成長又有收穫。
這種感覺非常好。

激勵粉絲

** ─────────────

407. blessing〔'blɛsɪŋ〕*n.* 幸福　　perfect〔'pɝfɪkt〕*adj.* 完美的
disguise〔dɪs'gaɪz〕*n.* 偽裝
A blessing in disguise. 【諺】外表似不幸，其實為幸福；因禍得福。
408. ***work hard*** 努力工作；努力學習　　***hard work*** 努力
result〔rɪ'zʌlt〕*n.* 結果；成果　　through〔θru〕*prep.* 透過
409. act〔ækt〕*v.* 採取行動　　lead〔lid〕*n.* 率先；領先
take the lead 領先；率先　　bull〔bʊl〕*n.* 公牛
horn〔hɔrn〕*n.* (牛)角　　***take the bull by the horns*** 不畏艱難
410. move〔muv〕*v.* 移動　　***get moving*** 迅速開始；迅速離去
grow〔gro〕*v.* 成長　　gain〔gen〕*v.* 獲利；獲益
feel〔fil〕*v.* 使人感覺　　so〔so〕*adv.* 非常

☐ **411.** Improve your English. 改善你的英文。
Develop your skills. 培養你的技巧。
Impress everyone. 要讓所有人佩服。

☐ **412.** Impress native speakers. 要讓外國人佩服。
Gain respect from friends. 要讓朋友尊敬。
Earn praise from them all. 要贏得所有人的稱讚。

☐ **413.** Score high on tests. 考試要得高分。
Succeed on exams. 考試要成功。
Win scholarships! 要贏得獎學金！

☐ **414.** Amaze yourself! 要使自己驚訝！
Impress everybody. 要讓每個人佩服。
Make your parents proud. 要讓父母以你為榮。

激勵粉絲

**

411. improve〔ɪm'pruv〕v. 改善
develop〔dɪ'vɛləp〕v. 培養　　skill〔skɪl〕n. 技巧；技能
impress〔ɪm'prɛs〕v. 使印象深刻；使佩服

412. native〔'netɪv〕adj. 本地的　　***native speaker*** 說母語的人
gain〔gen〕v. 獲得　　respect〔rɪ'spɛkt〕n. 尊敬
earn〔ɝn〕v. 贏得　　praise〔prez〕n. 稱讚

413. score〔skor〕v.（考試）得到⋯成績　　***score high*** 得高分
succeed〔sək'sid〕v. 成功
scholarship〔'skɑlɚˌʃɪp〕n. 獎學金

414. amaze〔ə'mez〕v. 使驚訝
proud〔praʊd〕adj. 驕傲的；感到光榮的

score high

☐ **415.** Everything in education is changing.

English learning is changing, too.

It's time for you to try and fly.

所有的教育都在改變。

英文學習也在改變。

現在該是你努力起飛的時候了。

☐ **416.** Follow your dreams.

Become an excellent English speaker.

Become who you want to be.

追逐你的夢想。

成為很會說英文的人。

成為你想成為的人。

☐ **417.** English is a challenge.

The coronavirus is a challenge.

Overcome and conquer it.

英文是個挑戰。

新冠病毒是個挑戰。

我們要戰勝它。

激勵粉絲

** ———————————

415. education〔͵ɛdʒə'keʃən〕*n.* 教育
change〔tʃendʒ〕*v.* 改變
fly〔flaɪ〕*v.* 飛【常指「變得獨立」(become independent)，
也可引申為「成功」(succeed)】try and fly 押韻，有幽默感。

416. follow〔'falo〕*v.* 跟隨；追逐　　excellent〔'ɛkslənt〕*adj.* 優秀的

417. challenge〔'tʃælɪndʒ〕*n.* 挑戰
coronavirus〔kə'ronə'vaɪrəs〕*n.* 新冠病毒
overcome〔͵ovə'kʌm〕*v.* 克服；打敗
conquer〔'kɑŋkə〕*v.* 征服

coronavirus

☐ **418.** I have a goal for you. 　　我有個目標要給你。
Speak perfect English! 　　要說最好的英文！
Talk like a native speaker. 　　要說得像外國人。

☐ **419.** Immerse yourself. 　　要全心投入。
Think and speak in total
　　English. 　　心裡想的、說的，全都是英文。
Think like it's all you can
　　say. 　　要想成自己只會說英文，不會
　　　　　　　　　　　　　　　　　　說其他的。

☐ **420.** I support you. 　　我支持你。
I'll stand by you. 　　我會支持你。
I'll stick by you forever. 　　我會永遠支持你。

激
勵
粉
絲

Goal

** ————————————————

418. goal〔gol〕 *n.* 目標
perfect〔'pɜfɪkt〕 *adj.* 完美的
like〔laɪk〕 *prep.* 像　　native〔'netɪv〕 *adj.* 本地的
native speaker 說母語的人

419. immerse〔ɪ'mɜs〕 *v.* 浸泡；使埋首於；使深陷於
total〔'totḷ〕 *adj.* 完全的；全部的

420. support〔sə'port〕 *v.* 支持　　***stand by*** 支持
stick by 繼續支持【不要和 stick with（和…在一起）搞混】
forever〔fə'ɛvə〕 *adv.* 永遠

□ **421**. We're all together. 　　　　　我們全都在一起。

We're working as one. 　　　　　我們同心協力。

We're helping each other out. 　　我們彼此互相幫忙。

□ **422**. We are not average. 　　　　　我們不是普通人。

We're not mediocre. 　　　　　我們不是一般人。

We are second to none. 　　　　我們不亞於任何人。

□ **423**. Together we can do it. 　　　　團結在一起我們就會成功。

Anything is possible. 　　　　　任何事都有可能。

Any goal is within reach. 　　　任何目標都能達到。

** ————————

421. together〔təˋgɛðɚ〕*adv.* 一起

as one 一致地　　***work as one*** 同心協力

help *sb.* ***out*** 幫助某人

work as one

422. average〔ˋævərɪdʒ〕*adj.* 普通的

mediocre〔͵midɪˋokɚ〕*adj.* 平庸的；普通的

second to none 不亞於任何人；最好的；首屈一指的（ = *the best* ）

423. ***do it*** 獲得成功　　　goal〔gol〕*n.* 目標

within〔wɪðˋɪn〕*prep.* 在…之內

reach〔ritʃ〕*n.* (能力) 所及的範圍

Any goal is within reach.

= Any goal is attainable. (任何目標都能達到。)

☐ **424.** Please start right away. 請立刻開始。

I'm pulling for you. 我為你加油。

I'm with you all the way. 我全程支持你。

☐ **425.** It's a new day. 這是嶄新的一天。

It's a new opportunity. 這是個新的機會。

You're here to accomplish big 你在這裡要完成重要的事。
things.

☐ **426.** Grab this chance. 抓住這個機會。

Grasp this opportunity. 抓住這個機會。

A new world will be yours. 整個新世界都是你的。

激勵粉絲

** ————————

424. *right away* 立刻 *pull for* 向⋯歡呼；為⋯加油；熱情支持
with (wɪθ) *prep.* 支持 *all the way* 一路；自始至終；一直

425. opportunity (ˌɑpəˈtjunətɪ) *n.* 機會
accomplish (əˈkɑmplɪʃ) *v.* 完成
big (bɪg) *adj.* 大的；重要的

426. grab (græb) *v.* 抓住 chance (tʃæns) *n.* 機會
grasp (græsp) *v.* 抓住

2. 要熱愛英文

☐ **427.** Love English. 愛英文。
Love learning. 愛學習。
Success will be a piece of cake. 成功就非常容易。

☐ **428.** Be passionate about English. 要熱愛英文。
Be hungry to learn. 要渴望學習。
Have a fire in your belly! 要充滿熱情！

☐ **429.** Be an English disciple. 做一個英文的信徒。
Be a disciplined viewer. 做一個守規矩的觀眾。
Be a determined follower. 做一個意志堅定的追隨者。

** ────

427. success〔sək'sɛs〕*n.* 成功
a piece of cake 很容易的事；輕而易舉（＝*something that is very easy*）

428. passionate〔'pæʃənɪt〕*adj.* 熱情的；很感興趣的
be passionate about 熱愛
hungry〔'hʌŋgrɪ〕*adj.* 飢餓的；渴望的
belly〔'bɛlɪ〕*n.* 肚子
fire in *one's* ***belly*** 充滿活力或熱情（＝*a lot of energy or enthusiasm for something*）

belly

429. disciple〔dɪ'saɪpḷ〕*n.* 弟子；門徒；信徒；追隨者
disciplined〔'dɪsəplɪnd〕*adj.* 訓練有素的；守紀律的
viewer〔'vjuɚ〕*n.* 觀眾
determined〔dɪ'tɝmɪnd〕*adj.* 堅決的；意志堅定的
follower〔'faloɚ〕*n.* 追蹤者；追隨者

激勵粉絲

□ **430.** Let's go nuts.　　　　　　　我們發瘋吧。

　　　Go bananas.　　　　　　　　發瘋吧。

　　　Get crazy about English!　　瘋狂愛上英文吧！

□ **431.** Get fired up!　　　　　　　要有熱情！

　　　Get psyched up!　　　　　　要興奮！

　　　You're in the right place at　　你在對的時間，來到對的地

　　　　the right time!　　　　　方！

□ **432.** Be on fire for English.　　要對英文非常狂熱。

　　　Be on a roll with me.　　　和我一樣屢戰屢勝。

　　　Nothing can stop us!　　　沒有什麼能阻擋我們！

激勵粉絲

**

430. go〔go〕*v.* 變成（= *become*）

　　nuts〔nʌts〕*adj.* 發瘋的；發狂的（= *crazy*）

　　go nuts 發瘋（= *go bananas* = *go crazy*）

　　bananas〔bəˈnænəz〕*adj.* 發瘋的；狂熱的

　　crazy〔ˈkrezɪ〕*adj.* 瘋狂的；狂熱的；很喜歡的 < *about* >

431. ***fire up*** 使滿懷熱情　　psych〔saɪk〕*v.* 使情緒激動

　　psych up 使興奮

432. ***be on fire*** 充滿火一般的熱情；非常激動；熱切

　　be on a roll 連連獲勝；連續走運（= *be having a lot of success or good luck*）

　　stop〔stɑp〕*v.* 阻止

□ **433.** Try hard. 　　　　　　　　要努力。

Take it on. 　　　　　　　　要勇於承擔。

Take the plunge. 　　　　　　要奮力一搏。

□ **434.** Be a go-getter. 　　　　　做一個積極的人。

Be a mover and shaker. 　　做一個有影響力的人。

Be a squeaky wheel. 　　　做一個有聲音的活人。

□ **435.** Put your mind to it. 　　　要下定決心去做。

Put your nose to the grindstone. 　要非常努力。

You can conquer the Mute 　你可以征服「啞巴英語」的

　　English curse. 　　　　　詛咒。

** ——————————————————————

433. *try hard* 努力　　*take on* 承擔

plunge〔plʌndʒ〕*n.* 突然下跌；墜落

take the plunge （思考之後）決定奮力一搏；決定冒險一試

434. go-getter〔'goˈgɛtɚ〕*n.* 積極能幹的人；有進取心的人

mover and shaker 有權勢的人；有影響力的人

squeaky〔'skwikɪ〕*adj.* 吱吱響的　　wheel〔hwil〕*n.* 輪子

squeaky wheel 會抱怨的人；敢大聲要求的人【源自諺語：The squeaky wheel gets the grease.（會吵的小孩有糖吃。）】

435. *put one's mind to* 決心要…

grindstone〔'graɪndˌston〕*n.* 旋轉磨石

put one's nose to the grindstone 非常努力工作

conquer〔'kɑŋkɚ〕*v.* 征服

mute〔mjut〕*adj.* 啞的　　curse〔kɝs〕*n.* 詛咒

grindstone

□ **436.** Don't be mediocre.   不要普普通通。

Don't settle for less.   不要退而求其次。

Aim high for perfect English.   要志向遠大，追求最完美的英文。

□ **437.** Be devoted.   要投入。

Be determined.   要意志堅定。

Desire to be the best.   要渴望成為最好的。

□ **438.** Develop your English.   要增強你的英文。

Broaden your mind.   拓展你的視野。

Improve the quality of your   改善你的生活品質。

life.

激勵粉絲

** ——————

436. mediocre〔͵midɪˈokɚ〕*adj.* 平庸的；普通的

settle for 勉強接受   ***settle for less*** 退而求其次

aim〔em〕*v.* 瞄準   ***aim high*** 志向遠大

perfect〔ˈpɝfɪkt〕*adj.* 完美的

437. devoted〔dɪˈvotɪd〕*adj.* 忠誠的；專心致力的；非常狂熱的

determined〔dɪˈtɝmɪnd〕*adj.* 堅決的；意志堅定的

desire〔dɪˈzaɪr〕*v.* 渴望

438. develop〔dɪˈvɛləp〕*v.* 發展；增進 (= *improve*)

broaden〔ˈbrɔdṇ〕*v.* 拓展

broaden *one's* ***mind*** 拓展視野；開闊心胸

improve〔ɪmˈpruv〕*v.* 改善   quality〔ˈkwɑlətɪ〕*n.* 品質

3. 和我一起學英文

☐ **439**. Learn with me. 　　　　　　要和我一起學。
　　　Feel sky high. 　　　　　　你會覺得非常興奮。
　　　Feel a great sense of 　　　你會有很大的成就感。
　　　　accomplishment and
　　　　achievement.

☐ **440**. Never quit studying English. 　絕不要放棄學習英文。
　　　Start and never stop. 　　　　要開始，絕不停止。
　　　There is no finish line. 　　　沒有終點線。

☐ **441**. Don't stop early. 　　　　　不要很早就停止。
　　　Don't give up too soon. 　　　不要太快放棄。
　　　Don't quit till you master it. 　直到你學好為止。

激勵粉絲

＊＊ ————————————

439. ***sky high*** 極高的；高昂的；非常興奮的（＝*sky-high*＝*very high*）
　　　Feel sky high. ＝ Feel very happy.
　　　accomplishment〔əˋkɑmplɪʃmənt〕*n.* 成就
　　　achievement〔əˋtʃivmənt〕*n.* 成就
　　　a sense of accomplishment 成就感（＝*a sense of achievement*）

440. quit〔kwɪt〕*v.* 停止；放棄　　***finish line*** 終點線

441. early〔ˋɝlɪ〕*adv.* 早地　　***give up*** 放棄
　　　till〔tɪl〕*conj.* 直到　　***not…till*** 直到～才…
　　　master〔ˋmæstɚ〕*v.* 精通；熟練

finish line

442. You decide your destiny. 你決定命運。
    You control your future. 你掌控未來。
    Let me teach you awesome 讓我來教你很棒的英文。
    English.

443. Give one hundred percent. 要盡全力。
    Do your very best. 要盡你最大的努力。
    I promise you success. 我保證你會成功。

444. You'll improve fast. 你會進步得很快。
    You'll advance quickly. 你會進步得很快。
    Your English will take off. 你的英文會突飛猛進。

激勵粉絲

**

442. decide〔dɪ'saɪd〕 *v.* 決定　　destiny〔'dɛstənɪ〕 *n.* 命運
    control〔kən'trol〕 *v.* 控制；支配
    future〔'fjutʃɚ〕 *n.* 未來　　awesome〔'ɔsəm〕 *adj.* 很棒的
443. ***give one hundred percent*** 盡全力（ = *give it your all* ）
    do one's best 盡力　　***do one's very best*** 盡最大的努力
    promise〔'prɑmɪs〕 *v.* 保證　　success〔sək'sɛs〕 *n.* 成功
444. improve〔ɪm'pruv〕 *v.* 改善；進步
    advance〔əd'væns〕 *v.* 前進；進步
    quickly〔'kwɪklɪ〕 *adv.* 很快地
    take off 起飛；開始明顯好轉

improve

☐ **445.** Believe in yourself.　　　　相信你自己。

Believe in my program.　　　信任我的課程。

Have faith in your abilities.　要對你的能力有信心。

☐ **446.** Stop being shy.　　　　　不要害羞。

Don't let English pass you by.　不要錯過學英文的機會。

Don't let life pass you by,　　也不要讓生命從你的身旁

　　either.　　　　　　　　流逝。

☐ **447.** Have determination.　　　要有決心。

Seek perfection.　　　　要追求完美。

You'll be satisfied with your　你會對自己的進步感到滿

　　progress.　　　　　意。

激
勵
粉
絲

** ——————————————

445. ***believe in*** 相信；信任　　program〔'progræm〕*n.* 課程

faith〔feθ〕*n.* 信念；信心　　***have faith in*** 對…有信心

ability〔ə'bɪlətɪ〕*n.* 能力

446. shy〔ʃaɪ〕*adj.* 害羞的

pass *sb.* ***by*** 被某人忽視；未被某人注意；某人沒有從中受益

Don't let English pass you by.

= Don't miss the opportunity to learn English.

447. determination〔dɪ,tɜ˞mə'neʃən〕*n.* 決心

seek〔sik〕*v.* 尋求　　perfection〔pɚ'fɛkʃən〕*n.* 完美

satisfied〔'sætɪs,faɪd〕*adj.* 感到滿意的

progress〔'progrɛs〕*n.* 進步

448. Learning English is a fun journey. 　　　學英文是個有趣的旅程。

Speaking better is a happy adventure. 　　　把英文說得更好是個愉快的冒險。

Take this trip with me! 　　　和我一起踏上這趟旅程吧！

449. Advance and achieve. 　　　進步，達成目標。

Progress and accomplish. 　　　進步，完成任務。

Just study with me every day. 　　　只要每天和我一起學。

450. Change yourself by learning with me. 　　　跟我一起學來改變自己。

Change your words and habits. 　　　改變你說的話和習慣。

Then you can change the world. 　　　然後你就能改變世界。

激勵粉絲

＊＊

448. fun〔fʌn〕*adj.* 有趣的　　journey〔ˋdʒɜnɪ〕*n.* 旅程
adventure〔ədˋvɛntʃɚ〕*n.* 冒險　　***take a trip*** 去旅行

449. advance〔ədˋvæns〕*v.* 前進；進步
achieve〔əˋtʃiv〕*v.* 達到預期的目的
progress〔prəˋgrɛs〕*v.* 進步
accomplish〔əˋkɑmplɪʃ〕*v.* 達成

450. change〔tʃendʒ〕*v.* 改變
words〔wɝdz〕*n. pl.* 話；言詞
habit〔ˋhæbɪt〕*n.* 習慣　　then〔ðɛn〕*adv.* 然後

achieve

☐ **451.** Stick with me. 跟著我。

Stay on this site. 留在這個網站上。

Kill many birds with one 可以一石多鳥；可以一舉

　　stone. 多得。

☐ **452.** I love your effort. 我喜愛你的努力。

I like your attitude. 我喜歡你的態度。

You're going to the top. 你會達到顛峰。

☐ **453.** You perked me up. 你使我振作起來。

You brightened my day. 你使我一整天都高興。

You made me feel really good. 你使我感到非常好。

激
勵
粉
絲

** ────────────

451. ***stick with*** 跟著 (= *stay with* = *hang with*)

site〔saɪt〕*n.* 網站 (= *website*)

Kill many birds with one stone. 源自諺語：Kill two
　　birds with one stone. (一石二鳥；一舉兩得。)

452. effort〔ˈɛfət〕*n.* 努力　　attitude〔ˈætəˌtjud〕*n.* 態度

top〔tɑp〕*n.* 頂端　　***go to the top*** 到達頂峰

453. perk〔pɝk〕*v.* 使振作 < *up* >

brighten〔ˈbraɪtn̩〕*v.* 使發亮；使歡樂

☐ **454.** Get tough.　　　　　　　　　　要變得堅強。

Be tough.　　　　　　　　　　要堅強。

Don't be a wimp.　　　　　　　不要當個軟弱無能的人。

☐ **455.** Face challenges.　　　　　　　要面對挑戰。

Get stronger and tougher.　　　要變得更強壯又更堅強。

Take action during difficult　　在困難時期要採取行動。
　　　　times.

☐ **456.** Our movement is exploding!　我們的運動正在迅速擴大！

You can't miss this chance.　　你不能錯過這個機會。

It's now or never.　　　　　　機不可失。

激勵粉絲

** ————————————

454. tough〔tʌf〕*adj.* 堅強的；強硬的
　　wimp〔wɪmp〕*n.* 軟弱無能的人

455. face〔fes〕*v.* 面對
　　challenge〔ˈtʃælɪndʒ〕*n.* 挑戰
　　take action 採取行動　　***difficult times*** 困難時期

456. movement〔ˈmuvmənt〕*n.*（政治、社會、思想）運動；活動
　　explode〔ɪkˈsplod〕*v.* 爆炸；爆發；迅速擴大
　　miss〔mɪs〕*v.* 錯過　　chance〔tʃæns〕*n.* 機會
　　now or never 要就現在，不然就永遠沒機會
　　It's now or never. 機不可失。

4. 不要怕犯錯

☐ **457.** Don't worry about mistakes.　　不要擔心錯誤。

Keep writing daily anyway!　　無論如何都要每天持續地寫！

That's how you improve.　　那就是你進步的方法。

☐ **458.** I welcome mistakes.　　我歡迎錯誤。

I know it's the best way to learn.　　我知道那是最好的學習方法。

Have a fearless learning attitude.　　要有無所畏懼的學習態度。

☐ **459.** No pain, no gain.　　【諺】不勞則無獲。

No guts, no glory.　　【諺】不入虎穴，焉得虎子。

Write me—don't be a　　要留言給我——不要當個膽小

chicken!　　鬼！

激
勵
粉
絲

** ————————————

457. ***worry about*** 擔心　　mistake〔məˋstek〕*n.* 錯誤

daily〔ˋdelɪ〕*adv.* 每天　　anyway〔ˋɛnɪˏwe〕*adv.* 無論如何

how〔hau〕*adv.*（做事的）方法　　improve〔ɪmˋpruv〕*v.* 改善；進步

458. fearless〔ˋfɪrlɪs〕*adj.* 不怕的；大膽的；勇敢的

attitude〔ˋætəˏtjud〕*n.* 態度

459. pain〔pen〕*n.* 痛苦；辛勞　　gain〔gen〕*n.* 獲得

No pain, no gain.【諺】不入虎穴，焉得虎子。

guts〔gʌts〕*n. pl.* 勇氣　　glory〔ˋglorɪ〕*n.* 榮耀

No guts, no glory. 字面的意思是「沒有勇氣，就不會有榮耀。」

也就是「不入虎穴，焉得虎子。」(= *Nothing ventured,*

nothing gained.)　　write〔raɪt〕*v.* 寫信給（某人）

chicken〔ˋtʃɪkən〕*n.* 雞；膽小鬼

激勵粉絲

☐ **460.** Push yourself.　　　　　　督促自己。
Challenge yourself.　　　　挑戰自己。
Make English an essential　讓英文成為你生活中重要的一
part of your life.　　　　部份。

☐ **461.** Your English mistakes are　你的英文錯誤沒麼大不了。
no big deal.
Most Chinese don't know.　大部份的中國人都不知道。
Who cares?　　　　　　　有誰會在乎呢？

☐ **462.** Chinese is different.　　　中文不一樣。
Mistakes are noticed and　錯誤會被注意到和被批評。
criticized.
It's embarrassing and no fun　非常尷尬，一點都不好玩。
at all.

** ————————————————

460. push〔puʃ〕*v.* 逼迫；敦促；驅策
challenge〔'tʃælɪndʒ〕*v.* 挑戰
essential〔ə'sɛnʃəl〕*adj.* 必要的；非常重要的

461. deal〔dil〕*n.* 交易　　***big deal*** 了不起的事
no big deal 沒什麼了不起　　care〔kɛr〕*v.* 在乎

462. notice〔'notɪs〕*v.* 注意到　criticize〔'krɪtə,saɪz〕*v.* 批評
embarrassing〔ɪm'bærəsɪŋ〕*adj.* 令人尷尬的
fun〔fʌn〕*n.* 樂趣；有趣

5. 稱讚粉絲

☐ **463.** Wow, wonderful, way to go.　　哇，太棒了，做得好。
Super, superb, sensational.　　太好了，超棒的，好極了。
Fantastic, fabulous, fine job.　　太好了，太棒了，做得好。

☐ **464.** I like your effort.　　我喜歡你的努力。
You work hard.　　你很努力。
You will definitely succeed.　　你一定會成功。

☐ **465.** You're getting better.　　你越來越好。
You're doing beautifully.　　你表現得很完美。
You got it now.　　你現在懂了喔。

激
勵
粉
絲

**────────────────

463. wow〔waʊ〕*interj.* 哇
wonderful〔'wʌndəfəl〕*adj.* 極好的；很棒的
way to go 做得好　　super〔'supə〕*adj.* 極好的；超級的
superb〔su'pɝb〕*adj.* 極好的
sensational〔sɛn'seʃənḷ〕*adj.* 轟動的；極好的；很棒的
fantasfic〔fæn'tæstɪk〕*adj.* 極好的；很棒的
fabulous〔'fæbjələs〕*adj.* 極好的；很棒的
fine job 做得好（= *good job*）

464. effort〔'ɛfət〕*n.* 努力　　*work hard* 努力工作；努力
definitely〔'dɛfənɪtlɪ〕*adv.* 一定；當然
succeed〔sək'sid〕*v.* 成功

465. do〔du〕*v.* 表現；進展
beautifully〔'bjutəfəlɪ〕*adv.* 美麗地；出色地；完美地
got it 懂得；了解

□ **466.** You're awesome.　　　　　　你很棒。
You're outstanding.　　　　你很傑出。
You're simply amazing.　　　你真是太厲害了。

□ **467.** You are improving.　　　　　你在改進。
You are progressing.　　　　你在進步。
You are a delightful surprise.　你真是令人驚喜。

□ **468.** You're on fire!　　　　　　　你充滿火一般的熱情！
Your English rocks!　　　　　你的英文很棒！
I'm so amazed by you.　　　　你讓我很驚訝。

激勵粉絲

**────────

466. awesome〔ˈɔsəm〕*adj.* 很棒的
outstanding〔ˈaʊtˈstændɪŋ〕*adj.* 傑出的
simply〔ˈsɪmplɪ〕*adv.* 完全地；實在；的確
amazing〔əˈmezɪŋ〕*adj.* 驚人的；很棒的
467. improve〔ɪmˈpruv〕*v.* 改善；進步
progress〔prəˈgrɛs〕*v.* 進步
delightful〔dɪˈlaɪtfəl〕*adj.* 令人愉快的
a delightful surprise 驚喜 (= *a pleasant surprise*)
468. *on fire* 著火；充滿火一般的熱情；非常激動；很熱中
rock〔rɑk〕*v.* 演奏搖滾樂；超強；很棒
Your English rocks! = Your English is great! (你的英文很棒！)
so〔so〕*adv.* 非常　　amaze〔əˈmez〕*v.* 使驚訝

□ 469. I'm impressed!　　　　　　　我很佩服！

You're incredible.　　　　　　你令人難以置信。

You're intelligent and　　　　你既聰明又風趣。
　　interesting.

□ 470. You are special.　　　　　　你很特別。

You are unique.　　　　　　　你很獨特。

You shine like a star.　　　　你像星星一樣閃耀。

□ 471. I like your attitude.　　　　我喜歡你的態度。

I love your enthusiasm.　　　我很喜歡你的熱忱。

Your hard work is paying off.　你的努力會有回報。

激
勵
粉
絲

＊＊────────────────

469. impress〔ɪm'prɛs〕v. 使印象深刻；使佩服
I'm impressed! = You impress me!
incredible〔ɪn'krɛdəbḷ〕adj. 令人難以置信的
intelligent〔ɪn'tɛlədʒənt〕adj. 聰明的
interesting〔'ɪntrɪstɪŋ〕adj. 有趣的；風趣的
470. special〔'spɛʃəl〕adj. 特別的
unique〔ju'nik〕adj. 獨特的
shine〔ʃaɪn〕v. 發光；發亮；閃耀

shine

471. attitude〔'ætə,tjud〕n. 態度
enthusiasm〔ɪn'θjuzɪ,æzəm〕n. 熱忱　　**hard work** 努力
pay off 有回報；值得（= *yield profits*；*result in benefits*）

□ **472.** Wonderful job! 　　　　　　做得好！
　　　 Way to go! 　　　　　　　　做得好！
　　　 You're a winner! 　　　　　 你是贏家！

□ **473.** You're an excellent student. 　你是很優秀的學生。
　　　 You do exceptional work. 　　 你表現得特別好。
　　　 Your future will be fantastic. 　你的前途光明。

□ **474.** Kudos to you! 　　　　　　　你做得很好！
　　　 Congrats on nice work! 　　　 恭喜你做得很好！
　　　 You're on the road to success! 　你在成功的道路上了！

激勵粉絲

** —————————————

472. wonderful〔ˈwʌndɚfəl〕*adj.* 很棒的
　　 Wonderful job!（做得好！）（= *Wonderful work!*）也可説成：
　　　 Wonderful writing!（寫得真好！）
　　 Way to go!（做得好！）（= *That's the way!*）
　　 winner〔ˈwɪnɚ〕*n.* 勝利者；贏家
　　 You're a winner! = You're a winner in my book!
　　 【*in my book* 根據我的看法；依我看】

473. excellent〔ˈɛksḷənt〕*adj.* 優秀的
　　 exceptional〔ɪkˈsɛpʃənḷ〕*adj.* 非凡的；優秀的
　　 fantastic〔fænˈtæstɪk〕*adj.* 極好的
　　 Your future will be fantastic. 也可説成：Your future will be
　　　 very bright.（你的未來將會非常光明。）

474. kudos〔ˈkudos, ˈkudɑs, ˈkjudɑs〕*interj.* 做得好
　　 congrats〔kənˈgræts〕*interj.* 恭喜（= *congratulations*）< on >
　　 Congrats on nice work! 也可説成：Congrats on nice writing!
　　　（恭喜你寫得很好！）或 Congrats on nice comments!（恭喜你
　　　 評論得很好！）　　 success〔səkˈsɛs〕*n.* 成功

☐ **475.** Bravo, my followers!　　　太棒了，我的粉絲們！

Best regards to each fan.　　我的每一位粉絲大家好。

My hat's off to you all.　　　我向你們致敬。

☐ **476.** I commend your effort.　　　我為你的努力而稱讚。

I compliment your hard work.　我為你的努力而稱讚。

I give three cheers for you.　　我為你歡呼三聲。

☐ **477.** You're a shining star.　　　你是一顆耀眼的明星。

You're a rising star.　　　　你是明日之星。

Be a superstar on my site.　　會成為我網站上的超級巨星。

**

475. bravo〔'brɑvo〕*interj.* 好極了　　follower〔'faloɚ〕*n.* 追蹤者；
　追隨者；粉絲　　regards〔rɪ'gɑrdz〕*n. pl.*（書信等的）問候
　my hat's off to 我向…脫帽致敬　　fan〔fæn〕*n.* 迷；粉絲
　My hat's off to you all. (= *My hat is off to you all.*) 可說成：
　My hat's off to everyone. (我向大家脫帽致敬。)【參照 p.166】

476. commend〔kə'mɛnd〕*v.* 稱讚
　compliment〔'kɑmplə,mɛnt〕*v.* 稱讚　　***hard work*** 努力
　I compliment your hard work. 可說成：I compliment your
　diligence. (我稱讚你的勤勉。)　　cheer〔tʃɪr〕*n.* 歡呼
　give *sb.* ***three cheers*** 為某人歡呼三次
　three cheers 就是：Hip, hip, horay! Hip, hip, hooray! Hip,
　hip, hooray!【hooray〔hu're〕*interj.* 好！；好哇！（表示興
　奮與高興的呼喊聲）***hip, hip, hooray*** 加油，加油，萬歲（齊聲
　喝采歡呼之聲）】

477. shine〔ʃaɪn〕*v.* 閃耀；閃閃發亮
　rising〔'raɪzɪŋ〕*adj.* 升起的；上升的　　***rising star*** 明日之星
　superstar〔'supɚ,stɑr〕*n.* 超級巨星　　site〔saɪt〕*n.* 網站

9. 回應批評 (Response to Criticism)

說英文是一項藝術，也可回答得很妙。要儘量接受別人的意見和批評，往往一句話，改變你的一生，要說，就說「最美麗的英文」。

☐ 478. Sorry to hear that.   聽到那件事我很難過。
Sorry you feel that way.   很抱歉你有那種感覺。
I'll try to do better.   我會努力做得更好。

☐ 479. I hope you'll reconsider.   我希望你能重新考慮。
I hope you change your mind.   我希望你改變想法。
I only know what I know.   我只知道我知道的事。

☐ 480. Life is short.   人生很短暫。
We all must keep learning.   我們都必須持續學習。
We must open up our minds.   我們必須有開放的思想。

回應批評

** ————————————

478. sorry〔'sɔrɪ〕*adj.* 難過的；遺憾的   way〔we〕*n.* 樣子
that way 那樣   ***try to V.*** 努力…
479. reconsider〔ˌrikən'sɪdɚ〕*v.* 重新考慮
change one's mind 改變想法
480. keep〔kip〕*v.* 持續   ***open up*** 打開
mind〔maɪnd〕*n.* 想法   ***open up one's mind*** 思想開放

☐ **481.** You misunderstand.   你誤會了。

You are getting it wrong.   你誤解了。

I feel you are mistaken.   我覺得你錯了。

☐ **482.** I beg to differ.   恕我不能同意。

I just can't agree.   我真的無法同意。

I think you are wrong.   我認為你錯了。

☐ **483.** Please reconsider.   請重新考慮。

Think long and hard.   深思熟慮。

I don't think you really believe   我想你不是真的相信。

    that.

** ───────────────

481. misunderstand〔͵mɪsʌndɚ'stænd〕v. 誤會

get it wrong 誤解

mistaken〔mə'stekən〕adj. 錯誤的；弄錯的

482. beg〔bɛg〕v. 乞求　　*I beg to V.* 請容許我冒昧…

differ〔'dɪfɚ〕v. 意見不同

just〔dʒʌst〕adv. 真地　　agree〔ə'gri〕v. 同意

483. reconsider〔͵rikən'sɪdɚ〕v. 重新考慮

long〔lɔŋ〕adv. 長久地　　hard〔hɑrd〕adv. 認真地

think long and hard 深思熟慮

回應批評

☐ **484.** I read your criticism.　　　　　　　我看了你的批評。

I just can't understand it.　　　　　我眞的無法了解。

I don't believe you mean it.　　　　我不相信你是認眞的。

☐ **485.** English is global.　　　　　　　　英文是全球性的。

It's an international language.　　　是國際語言。

For now, it's very important.　　　目前它是非常重要的。

☐ **486.** My goal is to help.　　　　　　　我的目標是要幫忙。

I only want to help.　　　　　　　我只想要幫忙。

I want to empower others.　　　　我想要給別人力量。

回應批評

** ————————

484. criticism ('krɪtə,sɪzəm) *n.* 批評；評論

485. global ('globḷ) *adj.* 全球的；全世界的

international (,ɪntə'næʃənḷ) *adj.* 國際性的

language ('læŋgwɪdʒ) *n.* 語言　　***for now*** 目前

486. goal (gol) *n.* 目標

empower (ɪm'pauə) *v.* 給予（某人）權力；使自主

I want to empower others.

= I want to give people power. (我想要給別人力量。)

10. 感謝稱讚 (Thanks for the Praise)

 別人對你的稱讚，一定要表示感謝。只説一句話，別人感受不到你的溫暖，一開口，就要三句以上，而且一定要説得誠心誠意。

☐ 487.	Wow! Thank you! I'm in your debt.	哇！ 謝謝你！ 我很感激你。
☐ 488.	Thanks for your praise. I don't deserve it. I'm overwhelmed.	謝謝你的稱讚。 我不敢當。 我很感動。
☐ 489.	You're too kind. Your praise is appreciated. I'm so grateful.	你太好了。 很感激你的稱讚。 我非常感激。

** ─────────

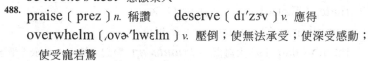

487. wow〔waʊ〕*interj.* 哇　　debt〔dɛt〕*n.* 債務
be in *one's **debt*** 感激某人

488. praise〔prez〕*n.* 稱讚　　deserve〔dɪ'zɝv〕*v.* 應得
overwhelm〔͵ovɚ'hwɛlm〕*v.* 壓倒；使無法承受；使深受感動；
　　使受寵若驚

489. kind〔kaɪnd〕*adj.* 好心的；親切的
appreciate〔ə'priʃɪ͵et〕*v.* 感激　　grateful〔'gretfəl〕*adj.* 感激的

490. Such praise! 多麼棒的讚美！
Such kind words! 多麼好聽的話！
I'll keep working hard. 我會持續努力。

491. You inspire me! 你激勵了我！
You motivate me! 你激勵了我！
You really cheer me up! 你真的使我很高興！

492. I'm flattered. 我受寵若驚。
Thanks to you. 謝謝你。
My compliments to you, too. 我也要稱讚你。

493. Thanks for your "Like". 謝謝你按讚。
Thanks for your "thumbs up." 謝謝你按讚。
Your support means a lot to me. 你的支持對我意義重大。

** ————————————————

490. such 〔 sʌtʃ 〕 adj. 如此好的；非常的　　praise 〔 prez 〕 n. 稱讚
kind 〔 kaɪnd 〕 adj. 好心的；仁慈的
words 〔 wɜdz 〕 n. pl. 言詞；話　　**work hard** 努力工作；努力

491. inspire 〔 ɪn'spaɪr 〕 v. 激勵　　motivate 〔'motə,vet 〕 v. 激勵
cheer sb. up 使某人振作；使某人高興起來

492. flatter 〔'flætɚ 〕 v. 奉承；使受寵若驚
compliment 〔'kɑmpləmənt 〕 n. 稱讚

493. thumb 〔 θʌm 〕 n. 大拇指　　**thumbs up** 豎起大拇指；表示「稱讚」
support 〔 sə'port 〕 n. 支持　　mean 〔 min 〕 v. 有…的意思
mean a lot 意義重大；很重要

感謝稱讚

□ **494**. I'm grateful.   我很感激。
   I appreciate it.   我很感激。
   I owe you a big thanks.   我非常感謝你。

□ **495**. Thanks for supporting me.   謝謝你支持我。
   I support you, too.   我也支持你。
   Speaking English well is our   把英文說得很好是我們的
    goal.   目標。

□ **496**. Your words cheer me up.   你的話使我很高興。
   Thanks for your kindness.   謝謝你的好意。
   I welcome your comments.   我歡迎你的評論。

□ **497**. You flatter me.   你過獎了。
   I am moved.   我很感動。
   You touch my heart.   你使我很感動。

** ——————————————

494. grateful ('gretfəl) *adj.* 感激的
  appreciate (ə'priʃɪ,et) *v.* 感激   owe (o) *v.* 欠
  a big thanks 是慣用語，表示「非常感謝」，在句中時，一定要有 ***a***。

495. goal (gol) *n.* 目標

496. kindness ('kaɪndnɪs) *n.* 好意；仁慈
  comment ('kɑmɛnt) *n.* 評論

497. flatter ('flætɚ) *v.* 奉承；使某人受寵若驚
  move (muv) *v.* 使感動   touch (tʌtʃ) *v.* 感動（人心）
  touch** one's **heart 感動了某人的心

感謝稱讚

☐ **498.** Big thanks to you!　　　　　　非常感謝你！
I'm truly grateful.　　　　　　我真的很感激。
You have my heartfelt thanks.　我衷心感謝你。

☐ **499.** Your words are too kind.　　　你說得太好了。
You brightened up my day.　　你使我整天都很快樂。
It really warms my heart.　　　這真的溫暖了我的心。

☐ **500.** You made my day.　　　　　　你讓我很高興。
You cheered me up.　　　　　　你讓我很高興。
You lifted me up.　　　　　　　你激勵了我。

☐ **501.** I'm glad you like it.　　　　　我很高興你喜歡。
Keep on going.　　　　　　　　要持續努力。
There is no finish line.　　　　永無終點；永不停止。

** ———————————————————————

498. ***Big thanks to you!*** 也可說成：A big thanks to you!
truly〔'trulɪ〕*adv.* 真地　　　grateful〔'gretfəl〕*adj.* 感激的
heartfelt〔'hɑrt,fɛlt〕*adj.* 衷心的；由衷的
499. words〔wɝdz〕*n. pl.* 言詞；話
kind〔kaɪnd〕*adj.* 好心的；仁慈的
brighten up 使發亮；使歡樂　　warm〔wɔrm〕*v.* 使溫暖
500. ***make one's day*** 讓某人高興　　***lift sb. up*** 激勵某人
501. glad〔glæd〕*adj.* 高興的　　***keep on*** 持續
go〔go〕*v.* 活動；進行工作
keep on going 持續努力（= *keep going*）　　***finish line*** 終點線

□ **502.** Thanks for your nice words. 　　謝謝你說這麼好聽的話。
　　　 I feel honored. 　　　　　　　　我覺得很光榮。
　　　 It means a lot to me. 　　　　　　這對我意義重大。

□ **503.** Thanks for your support. 　　　謝謝你的支持。
　　　 Thanks for backing me. 　　　　　謝謝你支持我。
　　　 I appreciate your loyalty. 　　　　我很感激你的忠誠。

□ **504.** You follow me. 　　　　　　　你關注我。
　　　 I follow you. 　　　　　　　　　我關注你。
　　　 We are a team. 　　　　　　　　我們是一個團隊。

□ **505.** Glad you approve. 　　　　　　很高興你認同。
　　　 I'm happy you like it. 　　　　　我很高興你喜歡。
　　　 Your encouragement means a lot. 你的鼓勵非常重要。

** ────────────────────

502. honored ('ɑnə·d) *adj.* 感到光榮的　　***mean a lot*** 意義重大；很重要
503. support (sə'port) *n.* 支持
　　　Thanks for your support. 不可説成：*Thanks for your*
　　　supporting. (誤) 動名詞已有名詞形式時，不能再使用動名詞來當純
　　　粹的名詞。可説成：Thanks for supporting me. (謝謝你支持我。)
　　　back (bæk) *v.* 支持
　　　appreciate (ə'priʃɪ,et) *v.* 感激　　loyalty ('lɔɪəltɪ) *n.* 忠實；忠誠
504. follow ('fɑlo) *v.* 跟隨；追蹤；密切注意　　team (tim) *n.* 團隊
505. glad (glæd) *adj.* 高興的　　approve (ə'pruv) *v.* 贊成；認可
　　　Glad you approve. 源自 I'm glad you approve.
　　　encouragement (ɪn'kɝɪdʒmənt) *n.* 鼓勵

感謝稱讚

506. You're so kind. 你眞好。
You touch my heart. 你感動了我的心。
Your words move me. 你的話讓我很感動。

507. I value your good opinion. 我很重視你給我這麼好的評價。
Your praise means a lot to me. 你的稱讚對我意義重大。
It means the world to me. 它對我很重要。

508. I'm glad you approve. 我很高興你認同。
I admire you, too. 我也很欽佩你。
Your praise really pleased me. 你的稱讚眞的使我很高興。

** ————————————

506. so〔so〕*adv.* 很；非常 kind〔kaɪnd〕*adj.* 親切的；仁慈的
touch〔tʌtʃ〕*v.* 感動（人心） heart〔hɑrt〕*n.* 心
words〔wɝdz〕*n. pl.* 言詞；話 move〔muv〕*v.* 使感動

507. praise〔prez〕*n.* 稱讚 value〔'vælju〕*v.* 重視
opinion〔ə'pɪnjən〕*n.* 意見；評價
mean〔min〕*v.* 有…意思；具有…重要性
mean a lot 意義重大；很重要
mean the world to sb. 對某人來說很重要；是某人的一切

approve

508. glad〔glæd〕*adj.* 高興的 approve〔ə'pruv〕*v.* 贊成；認可
admire〔əd'maɪr〕*v.* 欽佩 please〔pliz〕*v.* 使高興

感
謝
稱
讚

☐ **509.** Thanks for the super comments. 　謝謝你超棒的評論。

I appreciate your sincere words. 　我很感激你真誠的話。

I don't deserve your praise. 　你的稱讚我不敢當。

☐ **510.** Thanks for the compliment. 　謝謝你的稱讚。

I appreciate your praise. 　我很感激你的讚美。

I feel very flattered. 　我覺得非常受寵若驚。

☐ **511.** I'm fortunate to teach. 　我很幸運能教你們。

You're lucky to learn. 　你們很幸運能學習。

We are an English team. 　我們是一個英文團隊。

☐ **512.** My fans are the best. 　我的粉絲是最棒的。

Your loyalty is tremendous. 　你們非常忠心。

I'm the luckiest teacher in China. 　我是全中國最幸運的老師。

** ————————————————

509. super〔'supɚ〕*adj.* 超級的；極好的
comment〔'kɑmɛnt〕*n.* 評論
appreciate〔ə'priʃɪ,et〕*v.* 感激　　sincere〔sɪn'sɪr〕*adj.* 真誠的
deserve〔dɪ'zɝv〕*v.* 應得　　praise〔prez〕*n.* 稱讚

510. compliment〔'kɑmpləmənt〕*n.* 稱讚
flatter〔'flætɚ〕*v.* 奉承；使受寵若驚

511. fortunate〔'fɔrtʃənɪt〕*adj.* 幸運的
lucky〔'lʌkɪ〕*adj.* 幸運的　　team〔tim〕*n.* 團隊

512. fan〔fæn〕*n.* 迷；粉絲　　loyalty〔'lɔɪəltɪ〕*n.* 忠誠；忠心
tremendous〔trɪ'mɛndəs〕*adj.* 巨大的；驚人的

感謝稱讚

□ **513.** Thank you, friends and fans. 　　朋友和粉絲們，謝謝你們。
I'm grateful to followers. 　　我很感激追隨我的人。
Together, we are a wonderful 　　我們團結在一起，會是很棒
team. 　　的團隊。

□ **514.** Super comments! 　　超棒的評論！
Sensational words! 　　很令人興奮的話！
I love serious students like 　　我很喜愛像你們這樣認真的
you. 　　學生。

□ **515.** Such kind words. 　　說得真好。
Such a nice compliment. 　　真是非常好的讚美。
I'm surprised and elated. 　　我非常驚喜。

** ————————————

感
謝
稱
讚

513. fan〔fæn〕*n.* 迷；粉絲　　grateful〔'gretfəl〕*adj.* 感激的
follower〔'faloɚ〕*n.* 追蹤者；追隨者
wonderful〔'wʌndɚfəl〕*adj.* 很棒的　　team〔tim〕*n.* 團隊

514. super〔'supɚ〕*adj.* 超級的；極好的
comment〔'kamɛnt〕*n.* 評論
sensational〔sɛn'seʃənḷ〕*adj.* 轟動的；令人興奮的；極好的
words〔wɝdz〕*n. pl.* 言詞；話　　serious〔'sɪrɪəs〕*adj.* 認真的
like〔laɪk〕*prep.* 像

515. kind〔kaɪnd〕*adj.* 好心的；仁慈的
surprised〔sə'praɪzd〕*adj.* 驚訝的
elated〔ɪ'letɪd〕*adj.* 得意洋洋的；興高采烈的

□ **516.** You're welcome anytime.　　　隨時歡迎你。
Drop me a line.　　　　　　寫封短信給我。
I'm open 24/7.　　　　　　我任何時間都可以。

□ **517.** Thanks for the like.　　　　謝謝你按讚。
Your heart made my day.　　你按紅心使我很高興。
I love and cherish each reply.　我很喜愛並且珍惜每一個回覆。

□ **518.** I appreciate your like.　　　我很感激你按讚。
Your comment is kind.　　　你的評論非常好。
You motivate me to improve.　你激勵我進步。

□ **519.** I won't forget you.　　　　我不會忘記你。
I'm much obliged.　　　　　我非常感激。
I'm forever grateful.　　　　我永遠心存感激。

** ———————————————————

516. anytime〔'ɛnɪ,taɪm〕*adv.* 在任何時候；隨時
line〔laɪn〕*n.* 短信　　***drop sb. a line*** 寫封短信給某人
open〔'opən〕*adj.* 開著的；營業中的
I'm open 24/7. 唸成 I'm open twenty-four seven. 意思是
I'm open 24 hours 7 days a week. 表示「我全年無休；
　我任何時間都可以。」

517. like〔laɪk〕*n.* (按)讚　　heart〔hɑrt〕*n.* 心；心形
make one's day 使某人非常高興
cherish〔'tʃɛrɪʃ〕*v.* 珍惜　　reply〔rɪ'plaɪ〕*n.* 回答；答覆

518. appreciate〔ə'priʃɪ,et〕*v.* 感激　　comment〔'kɑmɛnt〕*n.* 評論
motivate〔'motə,vet〕*v.* 激勵　　improve〔ɪm'pruv〕*v.* 改善；進步

519. forget〔fə'gɛt〕*v.* 忘記　　obliged〔ə'blaɪdʒd〕*adj.* 感激的
forever〔fə'ɛvə〕*adv.* 永遠　　grateful〔'gretfəl〕*adj.* 感激的

感謝稱讚

☐ **520.** Thanks for your like. 　　　　謝謝你按讚。

It's an honor for me. 　　　　這是我的光榮。

It's a pleasure to teach you. 　很榮幸能夠教你。

☐ **521.** Thanks for liking me. 　　　謝謝你喜歡我。

Thanks for your approval. 　　謝謝你的認同。

It's like a pat on the back. 　這就像是你拍我的背稱讚我一樣。

☐ **522.** I love getting likes. 　　　　我很喜愛得到讚。

It's such a great feeling. 　　這是一種很棒的感覺。

Thank you from the bottom 　我由衷地感謝你們。
　　of my heart.

☐ **523.** Such kind comments. 　　　　非常好的評論。

Thanks for the thumbs up. 　　謝謝你按讚。

You make it all worthwhile. 　你使得所有的努力都很值得。

＊＊ ──────────────

520. honor〔'ɑnɚ〕*n.* 光榮；被引以爲榮的人或物

pleasure〔'plɛʒɚ〕*n.* 樂趣；榮幸

It's a pleasure to teach you. 也可說成：It's my pleasure to teach you.

521. approval〔ə'pruvl̩〕*n.* 贊成；認可　　pat〔pæt〕*n.* 輕拍

back〔bæk〕*n.* 背　　**a pat on the back** 讚揚；表揚

522. like〔laɪk〕*n.* (按) 讚　　great〔gret〕*adj.* 很棒的

bottom〔'bɑtəm〕*n.* 底部

from the bottom of *one's heart* 衷心；由衷

523. such〔sʌtʃ〕*adj.* 如此的　　kind〔kaɪnd〕*adj.* 好心的；仁慈的

comment〔'kɑmɛnt〕*n.* 評論　　**thumbs up** 豎起大拇指；贊成

worthwhile〔'wɝθ'hwaɪl〕*adj.* 值得做的

感
謝
稱
讚

□ **524.** Thanks for your praise.　　謝謝你的讚美。
　　　　 Thanks for your support.　　謝謝你的支持。
　　　　 I appreciate your backing me.　我很感激你支持我。

□ **525.** I'm glad you like it.　　我很高興你喜歡。
　　　　 I'm happy you approve.　　我很高興你認同。
　　　　 That's very important to me.　那對我非常重要。

□ **526.** I'm smiling right now.　　我現在正在微笑。
　　　　 Your praise brings me joy.　你的稱讚帶給我快樂。
　　　　 Your compliment is so kind.　你的稱讚真好。

□ **527.** Your support inspires me.　　你的支持激勵了我。
　　　　 Your like encourages me.　你按讚鼓勵了我。
　　　　 I'll keep working hard to be　我會持續努力才能值得大家
　　　　　 worthy.　　的支持。

**────────────

524. praise〔prez〕*n.* 稱讚　　support〔sə'port〕*n.* 支持
　　appreciate〔ə'priʃɪ,et〕*v.* 感激　　back〔bæk〕*v.* 支持

525. glad〔glæd〕*adj.* 高興的　　approve〔ə'pruv〕*v.* 贊成；認同

526. *right now* 現在　　joy〔dʒɔɪ〕*n.* 喜悅
　　compliment〔'kɑmpləmənt〕*n.* 稱讚

527. inspire〔ɪn'spaɪr〕*v.* 激勵　　like〔laɪk〕*n.* (按)讚
　　encourage〔ɪn'kɝɪdʒ〕*v.* 鼓勵　　***work hard*** 努力
　　worthy〔'wɝðɪ〕*adj.* 值得的

感謝稱讚

□ **528.** I owe you a favor.　　　　　　我欠你一次人情。
　　　　 I'm in your debt.　　　　　　　我很感激你。
　　　　 I'm always at your service.　　　我隨時聽你的吩咐。

□ **529.** Bravo!　　　　　　　　　　　　太好了！
　　　　 It's a proud day.　　　　　　　　這是個令人驕傲的日子。
　　　　 Hats off to you all.　　　　　　　我向你們大家致敬。

□ **530.** Congratulations and thank you.　恭喜，謝謝你們。
　　　　 We're all full of joy.　　　　　　我們全都充滿了喜悅。
　　　　 We've hit the 2,000,000 fan　　　我們已經達到兩百萬名粉
　　　　　 milestone.　　　　　　　　　絲的里程碑。

*** ────────────

528. owe〔o〕*v.* 欠　　favor〔'fevɚ〕*n.* 恩惠
　　　owe** sb. **a favor 欠某人的人情　　debt〔dɛt〕*n.* 債
　　　in** one's **debt 受某人的恩惠；感激某人
　　　be at** one's **service 聽某人吩咐；供某人隨意使用

529. bravo〔'brɑvo〕*interj.* 好！；讚！
　　　proud〔praʊd〕*adj.* 驕傲的；令人引以為榮的
　　　***hats off to** sb.* 向某人脫帽致敬【參照 p.151，注意：兩句不同】
　　　Hats off to you all. = *We all take our hats off to you all.*

530. congratulations〔kən͵grætʃə'leʃənz〕*n. pl.* 恭喜
　　　be full of 充滿了　　joy〔dʒɔɪ〕*n.* 喜悅
　　　hit〔hɪt〕*v.* 達到；到達　　fan〔fæn〕*n.* 迷；粉絲
　　　milestone〔'maɪl͵ston〕*n.* 里程碑

感
謝
稱
讚

□ **531.** I compliment all students. 　　我稱讚所有的學生。

I commend all teachers. 　　我稱讚所有的老師。

Everybody take a bow. 　　每個人都值得稱讚。

□ **532.** I praise you. 　　我稱讚你們。

I applaud you. 　　我為你們鼓掌。

We couldn't have done it without
you. 　　如果沒有你們，我們無法辦到。

□ **533.** It's an amazing accomplishment. 　　這是個驚人的成就。

It's a big achievement. 　　這是個很大的成就。

I owe it all to you guys. 　　這全都要歸功於你們。

□ **534.** Full steam ahead. 　　要全速前進。

We're just getting started. 　　我們才剛開始。

We're aiming for millions more. 　　我們的目標是增加數百萬個粉絲。

** ─────────────────

531. compliment〔'kɑmplə,mɛnt〕v. 稱讚
commend〔kə'mɛnd〕v. 稱讚　　bow〔baʊ〕n. 鞠躬
take a bow （表演結束時）鞠躬謝幕；值得讚揚
Everybody take a bow. 是命令句，每個人都互相鞠躬，也就是
　「每個人都值得稱讚；每個人都有功勞。」

532. praise〔prez〕v. 稱讚　　applaud〔ə'plɔd〕v. 為…鼓掌；稱讚

533. amazing〔ə'mezɪŋ〕adj. 驚人的；很棒的
accomplishment〔ə'kɑmplɪʃmənt〕n. 成就
achievement〔ə'tʃivmənt〕n. 成就　　owe〔o〕v. 歸功於
owe sth. to sb. 把某事歸功於某人　　***you guys*** 你們

534. steam〔stim〕n. 蒸氣　　***full steam*** 全力；盡力
full steam ahead 以全速前進　　***aim for*** 瞄準；致力於

感
謝
稱
讚

11. 和粉絲對話 (To My Fans)

我把粉絲當作我的朋友，每天在手機上交流，非常愉快。自己每天都進步，學到很多。要把握這麼好的機會，結交全世界的朋友。

1. 歡迎新粉絲

☐ **535.** Hello, new viewers!　　　　哈囉，新的觀眾！
Thanks for dropping by.　　　謝謝你們拜訪。
I'm happy you are trying to　我很高興你們努力求進步。
improve.

☐ **536.** I'm excited you're here.　　你們在這裡我很興奮。
I'm anxious to teach you.　　我迫不及待要教你們。
Thanks for visiting me.　　　謝謝你們來我的網站。

☐ **537.** Be a fan.　　　　　　　　成為粉絲。
Be my follower.　　　　　　成為我的追隨者。
We'll be friends forever.　　我們會是永遠的朋友。

** ——————————————————

535. hello〔hə'lo〕*interj.* 哈囉　　viewer〔'vjuɚ〕*n.* 觀眾
drop by 順道拜訪　　improve〔ɪm'pruv〕*v.* 改善；進步
536. excited〔ɪk'saɪtɪd〕*adj.* 興奮的
anxious〔'æŋkʃəs〕*adj.* 渴望的；急切的　　visit〔'vɪzɪt〕*v.* 拜訪
537. fan〔fæn〕*n.* 迷；粉絲　　follower〔'faloɚ〕*n.* 追蹤者；追隨者
forever〔fə'ɛvɚ〕*adv.* 永遠

和
粉
絲
對
話

☐ **538.** Welcome to my English
　　　channel.

歡迎來我的英文頻道。

　　Welcome to my class.

歡迎來上我的課。

　　We teach English for real life.

我們教的是實際生活的英語。

☐ **539.** You're in the right place.

你來對地方了。

　　You're here at the right time.

你來得正是時候。

　　You're with the right guy—
　　　that's me.

你跟對人了——那就是我。

☐ **540.** I'm here for you.

我為你們而來。

　　I'm open 24-7-365!

我全年無休！

　　I'm around morning, noon,
　　　and night.

我早上、中午，和晚上都在。

** ————————————

538. channel〔ˈtʃænḷ〕*n.* 頻道　　***real life*** 實際生活；現實生活
539. guy〔gaɪ〕*n.* 傢伙；人
540. open〔ˈopən〕*adj.* 開放的
　　24-7-365 唸成 twenty-four seven, three
　　　hundred and sixty-five，意思是一年 365 天，
　　　一週 7 天，一天 24 小時，全年無休。
　　around〔əˈraʊnd〕*adj.* 存在的；在身邊；在旁邊

□ **541.** Practice English now. 　現在就練習英文。
　　　 Introduce yourself. 　介紹你自己。
　　　 What do you do? 　你是做什麼的？

□ **542.** Question me in English. 　用英文問我。
　　　 Give me feedback. 　給我意見。
　　　 Tell me what you want. 　告訴我你想要什麼。

□ **543.** Let me guide you. 　讓我引導你。
　　　 Let me mentor you. 　讓我指導你。
　　　 I'll take you to the top. 　我會帶你到達巔峰。

** ─────────────

541. practice（'præktɪs）*v.* 練習
　　 introduce（͵ɪntrə'djus）*v.* 介紹
　　 What do you do?（你是做什麼的？）
　　　 是詢問對方的職業，也可説成：
　　　 What do you do for a living?
　　　 或 What's your line of work?（你從事什麼行業？）

introduce

542. question（'kwɛstʃən）*v.* 詢問　　 in（ɪn）*prep.* 用⋯（語言）
　　 feedback（'fid͵bæk）*n.* 反饋；意見反應

543. guide（gaɪd）*v.* 引導　　 mentor（'mɛntɔr）*v.* 指導　 *n.* 良師益友
　　 top（tɑp）*n.* 頂端；頂點

和粉絲對話

□ **544.** I'm here every day. 　　　　我每天都在這裡。

　　　I'm waiting for you. 　　　　我在等著你們。

　　　Write me whenever you like. 　　隨時都可以留言給我。

□ **545.** Stop by anytime. 　　　　任何時候都可以來。

　　　Make yourself at home. 　　　不要拘束。

　　　I'll be here. 　　　　我會在這裡。

□ **546.** I welcome you with open arms. 　我熱烈地歡迎你。

　　　I'm always happy to hear from 　能得知你的消息，我會很

　　　you. 　　　高興。

　　　Don't keep me waiting! 　　不要讓我一直等！

＊＊　──────────

544. write〔raɪt〕*v.* 寫信給
　　whenever〔hwɛn'ɛvɚ〕*conj.* 無論何時；隨時

545. ***stop by*** 順道拜訪
　　anytime〔'ɛnɪ,taɪm〕*adv.* 在任何時候
　　make oneself at home 無拘束

546. welcome〔'wɛlkəm〕*v.* 歡迎　　arm〔ɑrm〕*n.* 手臂
　　with open arms 張開雙臂地；熱烈地（歡迎）
　　hear from 接到某人的來信；得知某人的消息
　　keep sb. V-ing 使某人持續…

with open arms

2. 鼓勵互相對話

☐ **547.** Have a suggestion? | 有建議嗎？
Have a question? | 有問題嗎？
I'm all ears. | 我洗耳恭聽。

☐ **548.** Write me more. | 要多留言給我。
Tell me more. | 多告訴我一些。
Share your hopes and dreams. | 要分享你的希望和夢想。

☐ **549.** Your words are welcome. | 歡迎你的留言。
Please respond and reply. | 請回應並回覆。
Do you like my video lessons? | 你喜歡我影片的課程嗎？

** ───────

547. suggestion〔səg'dʒɛstʃən〕*n.* 建議
Have a suggestion? 和 ***Have a question?*** 句首都省略了
Do you。　***be all ears*** 專心傾聽；洗耳恭聽
548. ***write sb.*** 寫信給某人　　share〔ʃɛr〕*v.* 分享
549. words〔wɜdz〕*n. pl.* 話；言詞
welcome〔'wɛlkəm〕*adj.* 受歡迎的
respond〔rɪ'spɑnd〕*v.* 回答；反應
reply〔rɪ'plaɪ〕*v.* 回答；回覆　　video〔'vɪdɪ͵o〕*n.* 影片

□ **550.** Believe in me.　　　　　　　　　信任我。

I believe in you.　　　　　　　　　我信任你。

There is nothing we can't do.　　沒有什麼是我們做不到的。

□ **551.** Your goal is my goal.　　　　　你的目標就是我的目標。

Become fluent quickly.　　　　　要很快變得流利。

Speak English perfectly.　　　　英文要說得很完美。

□ **552.** I'm totally dedicated to you.　　我對你們全心全意。

You should be dedicated, too.　　你們也應該要對我全心全意。

Commit, sacrifice, and write　　要投入、犧牲，並且留言

　　　to me.　　　　　　　　　　給我。

□ **553.** Be more curious.　　　　　　要更有好奇心。

Ask me more questions.　　　　要問我更多的問題。

I'll try to answer each one.　　　我會努力回答每一個問題。

＊＊ ────────────

550. *believe in* 相信；信任

551. goal〔gol〕*n.* 目標　　fluent〔'fluənt〕*adj.* 流利的
perfectly〔'pɝfɪktlɪ〕*adv.* 完美地

552. totally〔'totl̩ɪ〕*adv.* 完全地
dedicated〔'dɛdə,ketɪd〕*adj.* 一心一意的 < *to* >
commit〔kə'mɪt〕*v.* 投入　　sacrifice〔'sækrə,faɪs〕*v.* 犧牲

553. curious〔'kjʊrɪəs〕*adj.* 好奇的　　*try to V.* 嘗試…；努力…

☐ 554. I'm curious about you.   我對你很好奇。
You're interesting.   你很風趣。
Tell me about yourself.   告訴我關於你的事。

☐ 555. I want to know you.   我想要認識你。
Tell me about you!   告訴我關於你的事！
Tell me who you are!   告訴我你是什麼樣的人！

3. 幫助粉絲學英文

☐ 556. I'm here to help.   我來這裡是要幫助大家。
I want to share my knowledge.   我想要分享我的知識。
Sharing is my goal.   分享是我的目標。

☐ 557. You must learn English.   你必須學英文。
It's an asset and a joy.   它是種資產而且令人愉快。
You owe it to yourself.   你應該學英文。

＊＊

554. interesting (ˈɪntrɪstɪŋ) *adj.* 有趣的
556. share (ʃɛr) *v.* 分享
knowledge (ˈnɑlɪdʒ) *n.* 知識
goal (gol) *n.* 目標

knowledge

557. asset (ˈæsɛt) *n.* 資產   joy (dʒɔɪ) *n.* 喜悅；令人高興的事物
owe (o) *v.* 欠
owe it to* oneself *to V. 做…是對某人自己的義務；為自己做…
是理所當然的事

☐ **558.** I have a beautiful dream. 我有一個美麗的夢想。

I want to help all English learners. 我想要幫助所有學英文的人。

I want to save you from a sea of trouble. 我想要使你們免於許多的麻煩。

☐ **559.** Learn with me. 跟我一起學。

I make speaking easy. 我讓說英文變得容易。

My video lessons are the way. 我影片裡的課程就是最好的方法。

☐ **560.** I have hundreds of videos. 我有好幾百部作品。

I have hundreds of posts. 我上傳了好幾百部作品。

Check them all out. 全部都要看。

☐ **561.** You learn more than English with me. 你跟我學的不只是英文。

You gain wisdom, knowledge, and friendship. 你能獲得智慧、知識，和友誼。

You learn customs, culture, and trends. 你能學到習俗、文化，和趨勢。

** ─────────────────

558. save〔sev〕*v.* 使免除＜*from*＞　　*a sea of* 許多的

559. speaking〔'spikɪŋ〕*n.* 說；講話　　video〔'vɪdɪ‚o〕*n.* 影片
the way = the best way

560. *hundreds of* 數以百計的
post〔post〕*n.* (網路上) 張貼的訊息　　*check out* 查看

561. *more than* 不只是　　gain〔gen〕*v.* 獲得
wisdom〔'wɪzdəm〕*n.* 智慧　　knowledge〔'nɑlɪdʒ〕*n.* 知識
custom〔'kʌstəm〕*n.* 習俗　　culture〔'kʌltʃɚ〕*n.* 文化

和粉絲對話

562. My English is polite.
I teach courtesy.
We're never rude or negative.

我教的是有禮貌的英文。
我教有禮貌的話。
我們絕不會粗魯或負面。

563. My lessons are alive.
My English is energetic.
Be an aggressive learner.

我的課程是活的。
我的英文很有活力。
要做一個積極的學習者。

564. Use me up.
Take all my knowledge.
Squeeze me dry like an
orange!

好好利用我。
拿取我所有的知識。
像榨柳橙一樣把我榨乾！

polite

**

562. polite〔pəˋlaɪt〕*adj.* 有禮貌的
courtesy〔ˋkɝtəsɪ〕*n.* 禮貌；有禮貌的言詞
rude〔rud〕*adj.* 粗魯的；無禮的　negative〔ˋnɛgətɪv〕*adj.* 負面的

563. alive〔əˋlaɪv〕*adj.* 活著的；有活力的；活潑的
energetic〔͵ɛnɚˋdʒɛtɪk〕*adj.* 充滿活力的
aggressive〔əˋgrɛsɪv〕*adj.* 有攻擊性的；積極進取的
learner〔ˋlɝnɚ〕*n.* 學習者

564. *use up* 用光；耗盡　knowledge〔ˋnɑlɪdʒ〕*n.* 知識
squeeze〔skwiz〕*v.* 擠壓；榨　*squeeze dry* 擠乾；榨乾
orange〔ˋɔrɪndʒ〕*n.* 柳橙

和
粉
絲
對
話

☐ **565**. Trust me. 相信我。

　　Follow my methods. 照我的方法做。

　　My site is the only way. 我的網站是唯一的方法。

☐ **566**. It's a thrill to teach you daily. 每天教你們是件令人興奮的事。

　　It's my pleasure to reach you. 能夠讓你們看到是一件快樂的事。

　　Master my daily videos to 把我每天的影片學好就能成功。
　　　succeed.

☐ **567**. We are a team. 我們是一個團隊。

　　We will move forward together. 我們會一起向前進。

　　We must connect with each 我們必須每天互相連絡。
　　　other every day.

＊＊

565. trust〔trʌst〕*v.* 信任；相信　　follow〔'fɑlo〕*v.* 聽從；模仿
　method〔'mɛθəd〕*n.* 方法　　site〔saɪt〕*n.* 網站（= *website*）
　way〔we〕*n.* 方法

566. thrill〔θrɪl〕*n.* 刺激；興奮　　daily〔'delɪ〕*adv.* 每天　*adj.* 每天的
　pleasure〔'plɛʒɚ〕*n.* 樂趣；榮幸
　reach〔ritʃ〕*v.*（節目）讓（某人）看到或聽到
　master〔'mæstɚ〕*v.* 精通；熟練
　video〔'vɪdɪˌo〕*n.* 影片　　succeed〔sək'sid〕*v.* 成功

567. team〔tim〕*n.* 團隊　　move〔muv〕*v.* 移動
　forward〔'fɔrwɚd〕*adv.* 向前　　***move forward*** 前進；進步
　connect〔kə'nɛkt〕*v.* 連結；連絡

和粉絲對話

☐ **568.** Let me guide you daily.

I'll be your mentor and coach.

Trust me and follow me.

讓我每天引導你。

我會是你的導師和教練。

要相信我，並且追隨我。

☐ **569.** Study with me.

You learn for free.

You save a ton of money.

和我一起學。

你可以免費學。

你能節省很多錢。

☐ **570.** Become addicted to me.

Get hooked on my site.

Once you start studying, you'll never stop.

要為我著迷。

要迷上我的網站。

一旦開始學習，你就再也停不下來了。

** ——————————

568. guide〔gaɪd〕*v.* 引導　　daily〔'delɪ〕*adv.* 每天

mentor〔'mɛntɔr〕*n.* 導師；良師益友

coach〔kotʃ〕*n.* 教練　　trust〔trʌst〕*v.* 信任；相信

follow〔'falo〕*v.* 跟隨；追隨

569. *for free* 免費地　　save〔sev〕*v.* 節省

ton〔tʌn〕*n.* 公噸　　*a ton of* 很多；大量的

570. addict〔ə'dɪkt〕*v.* 使上癮；使沈迷 < *to* >

hook〔huk〕*v.* 鉤住　*n.* 鉤子　　*get hooked on* 對…上癮

site〔saɪt〕*n.* 網站（= *website* ）　　once〔wʌns〕*conj.* 一旦

hook

4. 勸粉絲不要放棄

☐ 571. You puzzle me.　　　　　　　你使我困惑。

You confuse me.　　　　　　你把我弄糊塗了。

I can't figure you out.　　　　我無法了解你。

☐ 572. What is your point?　　　　　你的重點是什麼？

What is your meaning?　　　你是什麼意思？

What are you trying to say?　你想要說的是什麼？

☐ 573. Don't quit.　　　　　　　　不要放棄。

Don't disappear.　　　　　不要消失。

Don't disappoint me.　　　不要讓我失望。

**

571. puzzle〔'pʌzḷ〕v. 使困惑
confuse〔kə'fjuz〕v. 使困惑　　***figure out*** 了解

572. point〔pɔɪnt〕n. 重點；要點
meaning〔'minɪŋ〕n. 意思　　***try to V.*** 試圖…；想要…

573. quit〔kwɪt〕v. 停止；放棄　　disappear〔͵dɪsə'pɪr〕v. 消失
disappoint〔͵dɪsə'pɔɪnt〕v. 使失望

和
粉
絲
對
話

5. 呼籲大家團結一致

□ 574. Online teaching is exciting.　　線上教學很刺激。
You learn cool things every day.　　每天都可以學到很酷的事。
It's flexible, fun, and full of　　它有彈性、有趣，而且
　　friends.　　好多朋友在一起。

□ 575. I enjoy making friends.　　我喜歡交朋友。
I love to share learning English.　　我喜歡分享學英文。
Join me, and you'll love it, too.　　加入我，你也會很喜歡。

□ 576. Learn from me.　　要跟我學。
Have a wonderful life.　　要擁有美好的人生。
Help millions communicate in　　要幫助數百萬人用英文溝
　　English.　　通。

**

574. online〔͵ɑn'laɪn〕*adj.* 線上的；網路上的
　　exciting〔ɪk'saɪtɪŋ〕*adj.* 令人興奮的；刺激的
　　cool〔kul〕*adj.* 酷的　　flexible〔'flɛksəbl̩〕*adj.* 有彈性的
　　fun〔fʌn〕*adj.* 有趣的　　***be full of*** 充滿了
575. enjoy〔ɪn'dʒɔɪ〕*v.* 喜歡　　***make friends*** 交朋友
　　share〔ʃɛr〕*v.* 分享　　join〔dʒɔɪn〕*v.* 加入
576. wonderful〔'wʌndəfəl〕*adj.* 極好的；很棒的
　　million〔'mɪljən〕*n.* 百萬
　　millions 在此指 millions of people（數百萬人）。
　　communicate〔kə'mjunəͺket〕*v.* 溝通　　in〔ɪn〕*prep.* 用…（語言）

和粉絲對話

□ 577. Let's connect.

Let's build up our English network.

Let's strengthen our language family.

我們連結起來吧。

我們建立我們的英文網路吧。

我們強化我們的語言家族吧。

□ 578. We are one big family.

We're all a super learning team.

We all share and work together.

我們是一個大家庭。

我們全都是一個超級學習團隊。

我們全都會分享及合作。

□ 579. We can all be good friends.

We'll be study-buddies.

We'll be the envy of the Internet.

我們大家可以成爲好朋友。

我們會是學習夥伴。

我們將會是網路上令人羨慕的對象。

** ───────────────

577. connect〔kəˋnɛkt〕v. 連接；連結　***build up*** 建立
network〔ˋnɛt͵wɝk〕n. 網路　strengthen〔ˋstrɛŋθən〕v. 強化
language〔ˋlæŋgwɪdʒ〕n. 語言

578. super〔ˋsupɚ〕adj. 超級的；極好的　team〔tim〕n. 團隊
share〔ʃɛr〕v. 分享　***work together*** 合作

579. buddy〔ˋbʌdɪ〕n. 兄弟；夥伴
study-buddy〔ˋstʌdɪˋbʌdɪ〕n. 學習夥伴
envy〔ˋɛnvɪ〕n. 羨慕的對象
Internet〔ˋɪntɚ͵nɛt〕n. 網際網路

study-buddy

和粉絲對話

☐ **580.** I'm on a mission. 我有一項使命。

I've started a movement. 我已經發起了一項運動。

I welcome you to come along. 我歡迎你一起來參加。

☐ **581.** I'm forming a network. 我正在建造一個人際網路。

I'm creating a group. 我正在創造一個群體。

We'll soon be worldwide. 我們很快就會遍及全世界。

☐ **582.** Let's unite. 我們團結起來吧。

Let's join forces. 我們同心協力吧。

Let's all come together as one. 我們大家團結在一起吧。

** ————————————

580. mission〔'mɪʃən〕*n.* 使命；任務

start〔stɑrt〕*v.* 開始；發起；創辦

movement〔'muvmənt〕*n.* 運動；活動

along〔ə'lɔŋ〕*adv.* 一起

network

581. form〔fɔrm〕*v.* 形成；構成

network〔'nɛt,wɝk〕*n.* 關係網；連絡網

create〔krɪ'et〕*v.* 創造 group〔grup〕*n.* 群體

worldwide〔'wɝld'waɪd〕*adj.* 全世界的；在全世界各地

582. unite〔ju'naɪt〕*v.* 團結 join〔dʒɔɪn〕*v.* 結合

force〔fors〕*n.* 力量 *join forces* 聯合；合力；通力合作

as one 全體一致 *come together as one* 團結在一起

6. 一起吃飯吧

☐ **583.** You seem amazing. 　　　　　你們好像很棒喔。

I really want to meet many 　　我真的很想和你們許多人見

of you. 　　　　　　　　　　面。

Let's all get together soon. 　我們大家快點聚一聚吧。

☐ **584.** You fans are like family. 　　你們這些粉絲像家人一樣。

You are more than friends. 　　你們不只是朋友。

You have an open invitation. 　隨時都歡迎你們來參訪。

☐ **585.** Grab a bite with me. 　　　　和我一起吃點東西。

Have a meal with me. 　　　　和我一起吃飯。

We'll have a wonderful time. 　我們會玩得很愉快。

** ────────

583. seem〔sim〕v. 似乎；好像　　amazing〔ə'mezɪŋ〕adj. 很棒的
meet〔mit〕v. 和…見面　　***get together*** 聚在一起

584. fan〔fæn〕n. 迷；粉絲　　like〔laɪk〕prep. 像
family〔'fæməlɪ〕n. 家人　　***more than*** 不只是
open〔'opən〕adj. 尚未決定的；未註明往返日期的
invitation〔ˌɪnvə'teʃən〕n. 請帖；邀請
【一般的請帖（invitation）上面，都會註明時間，但是給人家一個
沒註明時間的請帖，就叫作 open invitation，表示隨時都歡迎他來】

585. grab〔græb〕v. 抓住　　bite〔baɪt〕n. 一小餐；一小塊食物
grab a bite（匆匆忙忙地）吃點東西　　have〔hæv〕v. 有；吃
meal〔mil〕n. 一餐　　wonderful〔'wʌndəfəl〕adj. 很棒的
have a wonderful time 玩得很愉快

和粉絲對話

□**586.** Dine with me.
Have lunch with me.
You'll have great food and
great company.

和我一起吃飯。
和我一起吃午餐。
你會吃到很好的食物，遇見
很好的同伴。

□**587.** You are invited.
You are welcome.
Come eat with me.

你已經受到邀請。
你很受歡迎。
來和我一起吃飯吧。

□**588.** Be my guest.
Let's dine together.
Let's break bread and enjoy.

做我的客人。
我們一起吃飯吧。
我們來用餐，開心地吃吧。

□**589.** My cook is terrific.
My meals are nutritious.
Satisfaction guaranteed!

我的廚師很棒。
我的餐點很營養。
保證滿意！

** ——————————————

586. dine〔daɪn〕*v.* 用餐　　have〔hæv〕*v.* 有；吃；喝
great〔gret〕*adj.* 極好的；很棒的　　company〔ˋkʌmpənɪ〕*n.* 同伴
587. invite〔ɪnˋvaɪt〕*v.* 邀請　　eat〔it〕*v.* 吃東西；吃飯
Come eat with me. = Come and eat with me.
588. guest〔gɛst〕*n.* 客人　　bread〔brɛd〕*n.* 麵包
break bread 用餐　　enjoy〔ɪnˋdʒɔɪ〕*v.* 玩得開心
589. cook〔kʊk〕*n.* 廚師　　terrific〔təˋrɪfɪk〕*adj.* 很棒的
meal〔mil〕*n.* 一餐　　nutritious〔njuˋtrɪʃəs〕*adj.* 有營養的
satisfaction〔͵sætɪsˋfækʃən〕*n.* 滿意
guarantee〔͵gærənˋti〕*v.* 保證

和粉絲對話

590. Come for lunch.　　　　　　來吃午餐。
　　 Come for dinner.　　　　　 來吃晚餐。
　　 Have a wonderful time.　　 享受快樂的時光。

591. Come on over.　　　　　　　過來吧。
　　 Come to my place.　　　　　要來我家。
　　 We'll share a delicious meal.　我們一起分享美味的一餐。

592. Let me host.　　　　　　　　讓我來招待。
　　 Let me treat.　　　　　　　 讓我來請客。
　　 Say yes and make my day.　 如果你同意，會讓我很高興。

593. I invite you now.　　　　　　現在我邀請你。
　　 You invite me later.　　　　以後你再邀請我。
　　 You return the favor.　　　 你來報答恩惠。

**

590. wonderful〔'wʌndəfəl〕adj. 很棒的
have a wonderful time 玩得很愉快 (= *have fun* = *enjoy oneself*)
591. ***come on over*** 過來吧　　place〔ples〕n. 住處
share〔ʃɛr〕v. 分享；共享
delicious〔dɪ'lɪʃəs〕adj. 美味的　　meal〔mil〕n. 一餐
592. host〔host〕v. 招待；接待　　treat〔trit〕v. 請客
say yes 同意　　***make one's day*** 使某人高興
593. invite〔ɪn'vaɪt〕v. 邀請　　later〔'letə〕adv. 以後；後來
return〔rɪ'tɝn〕v. 回報　　favor〔'fevə〕n. 恩惠

和粉絲對話

☐ **594.** I have a wide dining room.　我有一間寬敞的餐廳。
I have two large tables.　我有兩張大餐桌。
All the seats are filled every day.　每天座無虛席。

☐ **595.** Be part of our family.　成爲我們家庭的一份子。
Be part of our team.　成爲我們團隊的一份子。
Partake in a meal.　要參加聚餐。

☐ **596.** I enjoy sharing.　我喜歡分享。
What's mine is yours.　我的就是你的。
I like to share my abundance.　我喜歡分享我所擁有的。

☐ **597.** You visit me.　你來拜訪我。
I'll visit you.　我就會去拜訪你。
Let's start the ball rolling.　我們開始吧。

**————————————

594. wide〔waɪd〕*adj.* 寬的　dine〔daɪn〕*v.* 用餐　***dining room*** 餐廳
seat〔sit〕*n.* 座位　fill〔fɪl〕*v.* 裝滿；塡滿；佔滿
595. part〔part〕*n.* 部分　**(*a*) *part of*** …的一部分
team〔tim〕*n.* 團隊　partake〔par'tek〕*v.* 參加 <*in* >
meal〔mil〕*n.* 一餐
596. enjoy〔ɪn'dʒɔɪ〕*v.* 喜歡；享受　share〔ʃɛr〕*v.* 分享
abundance〔ə'bʌndəns〕*n.* 豐富
share my abundance 字面的意思是「我有什麼多的，就會
和大家分享」(= *share whatever I have a lot of*)，也就
是 share what I have (分享我所擁有的)。
597. visit〔'vɪzɪt〕*v.* 拜訪　start〔start〕*v.* 使起動；使開始運轉
roll〔rol〕*v.* 滾動　***start the ball rolling*** 開始；開始進行

和
粉
絲
對
話

7. 計畫拜訪粉絲

☐ **598.** I have exciting news. 　我有令人興奮的消息。

I'm touring around China. 　我要環遊中國。

I hope to visit you. 　我希望能拜訪你們。

☐ **599.** I'm going north to south. 　我要從北到南。

I'm going east to west. 　我要從東到西。

I'll be traveling everywhere. 　我會到處旅行。

☐ **600.** My plan is homestays. 　我的計劃是住在你們家。

I will live with fans. 　我會和粉絲一起住。

I'm staying with followers. 　我會和追隨者待在一起。

** ————————

598. exciting〔ɪk'saɪtɪŋ〕*adj.* 令人興奮的

news〔njuz〕*n.* 消息　　tour〔tur〕*v.* 漫遊；旅行

tour around 環遊

599. north〔nɔrθ〕*n.* 北方　　south〔sauθ〕*n.* 南方

east〔ist〕*n.* 東方　　west〔wɛst〕*n.* 西方

travel〔'trævl̩〕*v.* 旅行　　everywhere〔'ɛvrɪ,hwɛr〕*adv.* 到處

600. homestay〔'hom,ste〕*n.* 客居外國家庭

fan〔fæn〕*n.* 迷；粉絲

follower〔'faloɚ〕*n.* 追蹤者；追隨者

☐ 601.	I plan short visits.	我打算進行短期拜訪。
	I'll stay a few nights.	我會住幾個晚上。
	I like living with locals.	我喜歡和當地的人一起住。

☐ 602.	I want to stay with you.	我想要和你們待在一起。
	You are on our team.	你們是我們團隊的成員。
	You are my reason why.	你們是我這麼做的理由。

☐ 603.	I'm touring for a reason.	我去旅行是有理由的。
	I'm collecting material.	我要收集資料。
	I'm creating new English.	我要創造新的英語。

☐ 604.	Let's meet.	我們見面吧。
	Let's get together.	我們聚一聚吧。
	Let's share and exchange ideas.	我們分享並交換意見吧。

** ———————————————

601. plan〔plæn〕v. 計劃;打算
visit〔'vɪzɪt〕n. 拜訪　　local〔'lokl̩〕n. 當地居民

602. team〔tim〕n. 團隊　　**be on one's team** 是某人團隊的成員
reason〔'rizn̩〕n. 理由　　**one's reason why** 某人…的理由

603. tour〔tʊr〕v. 旅行　　collect〔kə'lɛkt〕v. 收集
material〔mə'tɪrɪəl〕n. 資料　　create〔krɪ'et〕v. 創造

604. meet〔mit〕v. 會面　　**get together** 聚在一起
share〔ʃɛr〕v. 分享　　exchange〔ɪk'stʃendʒ〕v. 交換
idea〔aɪ'diə〕n. 想法;意見;點子

和
粉
絲
對
話

☐ 605. I'm a people person.　　　　我是個合群的人。
　　　I love making friends.　　　　我喜歡交朋友。
　　　I enjoy hanging out with friends　我最喜歡和朋友一起出去
　　　　best.　　　　　　　　　　玩。

☐ 606. I want to see friends.　　　　我想要見見朋友。
　　　I want to visit fans.　　　　我想要拜訪粉絲。
　　　You followers are like my　　你們這些追隨者就像我的
　　　　family.　　　　　　　　　家人一樣。

☐ 607. I love to travel all over.　　我喜愛到處旅行。
　　　I'm planning to visit all of you.　我打算去拜訪大家。
　　　I'm just waiting for the virus　我只是在等疫情結束。
　　　　to clear.

☐ 608. Now we face quarantines.　　現在我們正面臨檢疫。
　　　It's too tough to travel.　　要旅行太困難了。
　　　Soon we'll all be free again.　很快我們全都會重獲自由。

** ————————————

605. ***people person*** 合群的人；善於交際的人
　　enjoy…best 最喜歡…　　***hang out with*** 和…一起出去玩
606. fan〔fæn〕*n.* 迷；粉絲
　　follower〔'faloɚ〕*n.* 追蹤者；追隨者
607. ***all over*** 到處　　***plan to V.*** 打算…
　　virus〔'vaɪrəs〕*n.* 病毒　　clear〔klɪr〕*v.* 消失；溜走
608. face〔fes〕*v.* 面臨
　　quarantine〔ˌkwɔrən'tin〕*n.*（對來自疫區的旅客）隔離；檢疫
　　too…to V. 太…以致於不
　　tough〔tʌf〕*adj.* 困難的　　free〔fri〕*adj.* 自由的

和粉絲對話

☐ **609.** We beat back the virus. 　　　　我們擊退病毒。

We can defeat "mute English", 　　我們也可以打敗「啞巴英

too. 　　　　　　　　　　　　語」。

Together, there's nothing we 　　只要團結在一起，沒有什麼

can't do. 　　　　　　　　　　是我們做不到的。

☐ **610.** Now you guys are family. 　　　現在你們是家人。

You guys come first. 　　　　　　你們最重要。

My followers are everything. 　　我的粉絲最重要。

☐ **611.** The weather is changing. 　　　天氣正在改變。

The temperature is falling. 　　　氣溫正在下降。

Winter is just around the corner. 　冬天就快到了。

☐ **612.** It's getting colder. 　　　　　　天氣越來越冷。

Time to bundle up. 　　　　　　　是該穿暖和衣服的時候了。

Time to dress warmer. 　　　　　是該穿得保暖一點的時候了。

** ────────────

609. beat〔bit〕*v.* 打；擊　***beat back*** 擊退　virus〔'vaɪrəs〕*n.* 病毒
defeat〔dɪ'fit〕*v.* 打敗　mute〔mjut〕*adj.* 啞的

610. guy〔gaɪ〕*n.* 傢伙；人　***you guys*** 你們　***come first*** 第一；最重要
everything〔'ɛvrɪ,θɪŋ〕*pron.* 一切事物；最重要的東西

611. weather〔'wɛðɚ〕*n.* 天氣　temperature〔'tɛmpərətʃɚ〕*n.* 氣溫
fall〔fɔl〕*v.* 下降　corner〔'kɔrnɚ〕*v.* 轉角
be (just) around the corner 就快到了

612. bundle〔'bʌndl̩〕*v.* 捆起；包紮　***bundle up*** 穿上暖和的衣服
dress〔drɛs〕*v.* 穿衣服　warm〔wɔrm〕*adj.* 溫暖的　*adv.* 暖和地
Time to bundle up. 和 ***Time to dress warmer.*** 句首都省略了 It's。

和粉絲對話

8. 尋找接班人

☐ **613.** I need an heir.
I need someone to take over.
I'm inviting you to try and
　　apply.

我需要繼承人。
我需要接班人。
我要邀請你來嘗試和申請。

☐ **614.** I need someone to follow me.
I want a replacement.
It's time to have a partner.

我需要有人來追隨我。
我想要一個接替的人。
是該有個合夥人的時候了。

☐ **615.** Be my number two.
Be a future partner.
Consider being my successor.

要當我的副手。
要成為未來的合夥人。
要考慮做我的接班人。

** ─────────

613. heir〔ɛr〕*n.* 繼承人　　***take over*** 接管；接替
invite〔ɪn'vaɪt〕*v.* 邀請　　apply〔ə'plaɪ〕*v.* 申請；應徵

614. follow〔'falo〕*v.* 追隨
replacement〔rɪ'plesmənt〕*n.* 取代的人；接替的人
partner〔'partnɚ〕*n.* 夥伴；合夥人

615. ***number two*** 第二號人物　　future〔'fjutʃɚ〕*adj.* 未來的
consider〔kən'sɪdɚ〕*v.* 考慮
successor〔sək'sɛsɚ〕*n.* 繼承人；繼任者

和粉絲對話

□ **616.** Come follow me.   來追隨我。

Take over for me.   來接替我。

Grab this chance.   要抓住這個機會。

□ **617.** Come after me.   來追隨我。

Take my place.   接替我的位置。

Step into my shoes.   接替我的職位。

□ **618.** Succeed me.   繼承我。

Be my successor.   當我的繼承人。

Be the future English Godfather.   當未來的英語教父。

** ———————————

616. follow〔'falo〕*v.* 追隨   *take over* 接管；接替

grab〔græb〕*v.* 抓住   chance〔tʃæns〕*n.* 機會

617. *come after* 追趕；跟隨⋯而來；繼⋯之後

take one's place 代替某人；取代某人的位置

step〔stɛp〕*v.* 踩；踏出一步

step into one's shoes 接替某人的職位

618. succeed〔sək'sid〕*v.* 接替；繼任；繼承

successor〔sək'sɛsɚ〕*n.* 繼承人；繼任者

future〔'fjutʃɚ〕*adj.* 未來的   godfather〔'gɑd,faðɚ〕*n.* 教父

☐ **619.** First, be my student. 　　　　　首先，當我的學生。

Then, be my partner. 　　　　　然後，當我的合夥人。

Finally, it's all yours. 　　　　　最後，一切都是你的。

☐ **620.** Now it's your chance. 　　　　　現在你的機會來了。

Lead my English movement. 　　　　領導我發起的英文運動。

Continue and carry on. 　　　　　繼續傳承下去。

☐ **621.** Become my teaching partner. 　　成爲我教學的夥伴。

Be a teacher with me. 　　　　　和我一起當老師。

Follow in my footsteps. 　　　　　跟著我的腳步走。

** ───────

619. then〔ðɛn〕*adv.* 然後

partner〔'pɑrtnɚ〕*n.* 夥伴；合夥人

620. lead〔lid〕*v.* 領導；率領；指揮

movement〔'muvmənt〕*n.* 運動；活動

continue〔kən'tɪnju〕*v.* 繼續　　***carry on*** 繼續；接棒繼續

621. follow〔'fɑlo〕*v.* 跟隨

footstep〔'fʊt,stɛp〕*n.* 腳步

follow in *one's* ***footsteps*** 跟著某人走；效法某人

lead

和
粉
絲
對
話

□ **622.** Want to follow me? | 想要追隨我嗎？
Want to fill my shoes? | 想要接替我的工作嗎？
If interested, let me know! | 如果你有興趣，要讓我知道！

□ **623.** Think about it. | 考慮一下。
It's the chance of a lifetime. | 這是千載難逢的機會。
Don't let it pass you by. | 不要錯過這個機會。

□ **624.** Are you up to the challenge? | 你能接受這個挑戰嗎？
I believe you are. | 我相信你能。
Go for it! | 大膽試一試吧！

** ————————————

622. follow〔'falo〕*v.* 跟隨；追隨
fill one's shoes 接替某人的工作
Want to follow me? 及 ***Want to fill my shoes?*** 句首都省略了
Do you。　interested〔'ɪntrɪstɪd〕*adj.* 有興趣的
If interested 源自 If you are interested。
623. ***think about*** 考慮　　chance〔tʃæns〕*n.* 機會
lifetime〔'laɪf,taɪm〕*n.* 一生
the chance of a lifetime 一生難得的機會；千載難逢的機會
pass *sb.* ***by*** 被某人忽略；未被某人注意
624. ***be up to*** 經得起；能勝任　　challenge〔'tʃælɪndʒ〕*n.* 挑戰
Go for it! 大膽試一試！；冒一下險！(= *Try it!* = *Do it!*)

12. 和其他網紅對話 (To Other Online Celebrities)

數十萬個老師在網站上教英文,看到好的教學,不要忘記稱讚。也要協助其他網紅,增加粉絲量,幫助別人,也幫助自己,會帶來無比的快樂。

和其他網紅對話

1. 稱讚其他網紅

☐ **625.** I like your videos.　　　　我喜歡你的作品。
You are doing great.　　　你做得很好。
I'm your biggest fan.　　　我是你最忠實的粉絲。

☐ **626.** I watch you daily.　　　　我每天都看你的影片。
I'm a loyal fan.　　　　　我是個忠實的粉絲。
I support you 100%.　　　我百分之百支持你。

☐ **627.** Your site is attractive.　　　你的網站很吸引人。
Your lessons are amazing.　你的課程很棒。
You're an awesome teacher.　你是個很棒的老師。

** ————————————————

625. video〔'vɪdɪˌo〕*n.* 影片
great〔gret〕*adv.* 很棒地　　　fan〔fæn〕*n.* 迷;粉絲
626. daily〔'delɪ〕*adv.* 每天　　loyal〔'lɔɪəl〕*adj.* 忠實的
support〔sə'port〕*v.* 支持
100% 唸成 one hundred percent(百分之百)。
627. site〔saɪt〕*n.* 網站(= *website*)
attractive〔ə'træktɪv〕*adj.* 吸引人的
amazing〔ə'mezɪŋ〕*adj.* 令人驚訝的;很棒的
awesome〔'ɔsəm〕*adj.* 很棒的

和其他網紅對話

☐ **628.** I follow you.   我追隨你。

I'm your fan.   我是你的粉絲。

I'm your follower.   我是你的追隨者。

☐ **629.** Your clips are fun.   你的影片很有趣。

Your videos are useful.   你的影片很有用。

Your posts are #1.   你的作品是最棒的。

☐ **630.** You're full of energy.   你充滿了活力。

You're fun to learn from.   跟你學習很有趣。

I'll follow you anywhere.   我會跟你到任何地方。

**────────

628. follow〔'falo〕*v.* 追蹤;追隨
follower〔'faloɚ〕*n.* 追蹤者;追隨者

629. clip〔klɪp〕*n.* 一段剪輯;短片
fun〔fʌn〕*adj.* 有趣的
useful〔'jusfəl〕*adj.* 有用的
post〔post〕*n.* 貼文【在此指「影片」】
#1 唸成 number one (第一)。

clip

630. ***be full of*** 充滿了   energy〔'ɛnɚdʒɪ〕*n.* 精力;活力
anywhere〔'ɛnɪ,hwɛr〕*adv.* 任何地方;無論何處

□ **631.** Excellent lessons. 　　　　　　很棒的課程。

You are a natural. 　　　　　　　你是天生的高手。

You are a master teacher. 　　　你是個傑出的老師。

□ **632.** Your videos rock. 　　　　　　　你的影片很棒。

Your sentences are cool. 　　　你的句子很酷。

I love learning with you. 　　　我很愛跟你學習。

□ **633.** You're full of knowledge. 　　　你很有學問。

You are full of passion. 　　　　你很有熱情。

Your teaching really helps. 　　你教的真的很有用。

＊＊ ────────────

631. excellent〔ˈɛksḷənt〕*adj.* 優秀的

lesson〔ˈlɛsṇ〕*n.* 課程

natural〔ˈnætʃərəl〕*n.* 天生高手

master〔ˈmæstɚ〕*adj.* 傑出的

632. video〔ˈvɪdɪˌo〕*n.* 影片　　rock〔rɑk〕*v.* 很棒

cool〔kul〕*adj.* 酷的

633. ***be full of*** 充滿了　　knowledge〔ˈnɑlɪdʒ〕*n.* 知識

passion〔ˈpæʃən〕*n.* 熱情　　help〔hɛlp〕*v.* 有幫助；有用

和其他網紅對話

□ **634.** I love your class. 　　　　　我很愛你的課程。

　　　 You are lively and active. 　　你很活潑，很有活力。

　　　 You give me energy. 　　　　你給我能量。

□ **635.** I learn from you. 　　　　　我向你學習。

　　　 I enjoy your lessons. 　　　　我喜歡你的課程。

　　　 You are a great teacher. 　　　你是很棒的老師。

□ **636.** I look forward to it. 　　　　我很期待。

　　　 I can't wait to get started. 　　我等不及要開始了。

　　　 It's the highlight of my day. 　　那我是我一天最重要的時候。

** ──────

634. lively〔'laɪvlɪ〕 *adj.* 有活力的；活潑的
　　 active〔'æktɪv〕 *adj.* 活躍的；活潑的
　　 energy〔'ɛnɚdʒɪ〕 *n.* 精力；活力

635. enjoy〔ɪn'dʒɔɪ〕 *v.* 喜歡
　　 great〔gret〕 *adj.* 很棒的

636. ***look forward to*** 期待
　　 get started 開始

highlight

　　 highlight〔'haɪ,laɪt〕 *v.*（用螢光筆）標出；強調 　 *n.* 最精彩的
　　　 部分；最重要的時刻

2. 提供增加粉絲的方法

☐ **637.** Mimic our words.　　　　　　　模仿我們的話。
　　　　Mirror our style.　　　　　　　反映我們的風格。
　　　　Imitate us for success.　　　　模仿我們就能成功。

☐ **638.** Master my posts.　　　　　　　把我的作品學好。
　　　　Meet my high standards.　　　　要達到我的高標準。
　　　　You'll learn to speak great　　　你一定能學會說很棒的英
　　　　　English for sure.　　　　　　語。

☐ **639.** Copy me to increase your fanbase.　模仿我能增加你的粉絲量。
　　　　Expand your followers.　　　　　會增加你的粉絲。
　　　　Your viewership will grow and　　你的點閱率會不斷成長。
　　　　　grow.

和其他網紅對話

**────────────

637. mimic〔'mɪmɪk〕v. 模仿　　words〔wɝdz〕n. pl. 言詞；話
　　mirror〔'mɪrə〕v. 反映；真實地呈現　　style〔staɪl〕n. 風格
　　imitate〔'ɪmə,tet〕v. 模仿　　success〔sək'sɛs〕n. 成功
638. master〔'mæstə〕v. 精通；熟練　　post〔post〕n. 張貼的內容
　　Master my posts. 也可說成：Master my methods.（要學會我的
　　　方法。）　　meet〔mit〕v. 應付；滿足（要求）
　　standard〔'stændəd〕n. 標準　　***for sure*** 一定
639. copy〔'kɑpɪ〕v. 模仿　　increase〔ɪn'kris〕v. 增加
　　fanbase〔'fæn,bes〕n. 迷；粉絲【集合名詞】
　　expand〔ɪk'spænd〕v. 擴大；增加
　　follower〔'faloə〕n. 追蹤者；追隨者；關注者；粉絲
　　viewership〔'vjuə,ʃɪp〕n. 收視率；點閱率　　grow〔gro〕v. 成長

和其他網紅對話

□ **640.** Use me to get more fans. 利用我來獲得更多的粉絲。
Use my method to learn fast. 用我的方法來快速學習。
You'll succeed sooner than 你成功的速度會比你想像的
you think. 快。

□ **641.** Do what I do. 我做什麼，你就做什麼。
Repeat my routine. 我每天做什麼，你就做什麼。
You'll get tons of new viewers. 你會獲得許多新的觀眾。

□ **642.** Copy me to attract more fans. 模仿我來吸引更多的粉絲。
Grow your site really fast. 能使你的網站非常快速地成長。
Gain thousands of new 能獲得數千名新的粉絲。
followers.

** ――――――――――――

640. fan〔fæn〕*n.* 迷；粉絲　　method〔'mɛθəd〕*n.* 方法
succeed〔sək'sid〕*v.* 成功

641. repeat〔rɪ'pit〕*v.* 重複；重複做
routine〔ru'tin〕*n.* 例行公事；日常的工作　　ton〔tʌn〕*n.* 公噸
tons of 許多的　　viewer〔'vjuɚ〕*n.* 觀眾

642. copy〔'kɑpɪ〕*v.* 模仿　　attract〔ə'trækt〕*v.* 吸引
grow〔gro〕*v.* 使成長　　site〔saɪt〕*n.* 網站（= *website*）
really〔'rɪəlɪ〕*adv.* 很；非常　　gain〔gen〕*v.* 獲得
thousands of 數以千計的
follower〔'fɑloɚ〕*n.* 追蹤者；追隨者；關注者

附錄①

🙋 網紅英語演講（I）

Dear fans and followers.	親愛的粉絲們。
Dear language students everywhere.	所有親愛的語言學習者。
Listen carefully, please.	請仔細聽好。
Language learning has changed.	語言學習已經改變了。
Learning English is now easier.	學英文現在比較容易了。
The phone revolution is here.	手機革命來了。
Traditional education is no more.	傳統的教育已經沒有了。
Technology is now king.	現在是科技稱王。
Learning by phone is the way now.	用手機學習是現在的趨勢。

附
錄

** ————————

fan〔fæn〕*n.* 迷；粉絲　　follower〔'falɚ〕*n.* 追蹤者；追隨者
carefully〔'kɛrfəlɪ〕*adv.* 小心地；仔細地
language〔'læŋgwɪdʒ〕*n.* 語言　　change〔tʃendʒ〕*v.* 改變
phone〔fon〕*n.* 電話；手機（= *cell phone*）
revolution〔ˌrɛvə'luʃən〕*n.* 革命　　***is here*** 來了
traditional〔trə'dɪʃənḷ〕*adj.* 傳統的
education〔ˌɛdʒə'keʃən〕*n.* 教育　　***be no more*** 再也不存在了
technology〔tɛk'nalədʒɪ〕*n.* 科技　　king〔kɪŋ〕*n.* 國王
is the way 是最好的方法（= *is the best way*）；是趨勢

You don't need classrooms or schools.	你不需要教室或學校。
No more textbooks are needed.	不再需要教科書。
No more wasting time or money, either.	也不必再浪費時間或金錢。
With a phone, you're now free.	有了手機,你現在很自由。
Your mobile device gives you power.	你的行動裝置能給你力量。
You now have flexibility and choice.	你現在很有彈性,有選擇權。
It's a mobile learning world now.	現在是行動學習的世界。
It's efficient and convenient.	既有效率又方便。
It's all up to you.	全都由你決定。
Learn anywhere, at any time!	在任何時間、任何地點都可以學習!
It's learning on the go.	這是動態的學習。
It's learning at your fingertips.	這是垂手可得的學習。

附錄

** ————————————

no more 不再　　textbook〔'tɛkst,bʊk〕*n.* 教科書
either〔iðr〕*adv.* 也(不)　　free〔fri〕*adj.* 自由的
mobile〔'mobl̩〕*adj.* 機動的;可移動的　　device〔dɪ'vaɪs〕*n.* 裝置
power〔'paʊɚ〕*n.* 力量　　flexibility〔,flɛksə'bɪlətɪ〕*n.* 彈性
choice〔tʃɔɪs〕*n.* 選擇的權利　　efficient〔ə'fɪʃənt , ɪ'-〕*adj.* 有效率的
convenient〔kən'vinjənt〕*adj.* 方便的　　**be up to sb.** 由某人決定
on the go 活躍的;忙碌的　　fingertip〔'fɪŋɚ,tɪp〕*n.* 指尖
at one's fingertips 近在手邊;垂手可得;隨時可供使用

Now, I'm your teacher.	現在，我是你的老師。
My site is your textbook.	我的網站是你的教科書。
Your phone is your ticket to success.	你的手機是你通往成功的門票。
Power up your phone.	替你的手機充電。
Connect directly to me.	直接和我連絡。
Contact me right away.	立刻和我連絡。
It makes learning quick.	它使得學習變快速。
It gets immediate results.	它能有立即的效果。
For learning, nothing compares.	對於學習而言，沒有什麼比得上它。
To summarize, your phone opens up a new world.	總之，你的手機開啓了一個新世界。
It introduces you to learning.	它引導你學習。
It connects you to me.	它連接了你和我。

附
錄

** ───────

site〔saɪt〕*n.* 網站（= *website*）　ticket〔'tɪkɪt〕*n.* 門票；入場券
a ticket to sth. 獲取某物的管道　success〔sək'sɛs〕*n.* 成功
power up 使充電　connect〔kə'nɛkt〕*v.* 連接
connect to sb. （用通訊工具）和某人連絡
directly〔də'rɛktlɪ〕*adv.* 直接地　contact〔'kɑntækt〕*v.* 連絡
right away 立刻　quick〔kwɪk〕*adj.* 快的
immediate〔ɪ'midɪɪt〕*adj.* 立刻的　results〔rɪ'zʌlts〕*n. pl.* 效果
compare〔kəm'pɛr〕*v.* 比較；比得上　summarize〔'sʌmə,raɪz〕*v.* 總結
to summarize 總之　*open up* 打開；開啓
introduce〔,ɪntrə'djus〕*v.* 介紹；使體驗；使經歷；使熟悉

網紅英語演講（Ⅱ）

Dear students and viewers.	親愛的同學和觀眾。
Dear fans and friends.	親愛的粉絲和朋友。
I have something important to say.	我有重要的事情要說。
Stop playing on your phone.	不要再玩你的手機了。
Stop wasting time on video games.	不要再浪費時間玩電玩了。
Use your cell phone wisely.	要有智慧地利用你的手機。
Use my site.	利用我的網站。
Use my material.	使用我的資料。
I have hundereds of videos for you.	我有好幾百部作品要給你看。

** ───────────

viewer (ˈvjuɚ) *n.* 觀眾　　fan (fæn) *n.* 迷；粉絲
phone (fon) *n.* 電話；手機 (= *cell phone*)
video (ˈvɪdɪ͵o) *adj.* 電視的；映像的　*n.* 影片
video game 電玩遊戲　***cell phone*** 手機
wisely (ˈwaɪzlɪ) *adv.* 聰明地
site (saɪt) *n.* 網站 (= *website*)
mateial (məˈtɪrɪəl) *n.* 資料；材料　***hundreds of*** 數以百計的

My videos are valuable.	我的影片很珍貴。
My dialogues are dynamic.	我的對話充滿活力。
The sentences are super useful.	這些句子超有用。
My site is a learning center.	我的網站是個學習中心。
It's an English headquarters.	它是個英文總部。
It's a powerhouse of great English.	它是個很棒的英文發電廠。
My site is pure English.	我的網站是全英文的。
It's positive and polite.	它很正面，又有禮貌。
We all have fun and enjoy.	我們全都非常愉快。
We try to support each other.	我們努力互相支持。
We network and make friends.	我們交流溝通，並且結交朋友。
We interact and share like a team.	我們像一個團隊互動和分享。

附
錄

** ————————————

valuable〔'væljəbḷ〕*adj.* 有價值的；珍貴的
dialogue〔'daɪəˌlɔg〕*n.* 對話
dynamic〔daɪ'næmɪk〕*adj.* 動態的；充滿活力的
super〔'supɚ〕*adv.* 非常；超　　center〔'sɛntɚ〕*n.* 中心
headquarters〔'hɛd'kwɔrtɚz〕*n.* 總部
powerhouse〔'pauɚˌhaus〕*n.* 發電廠　　great〔gret〕*adj.* 很棒的
pure〔pur〕*adj.* 純粹的；完全的　　positive〔'pazətɪv〕*adj.* 正面的
polite〔pə'laɪt〕*adj.* 有禮貌的　　***have fun*** 玩得愉快
enjoy〔ɪm'dʒɔɪ〕*v.* 享受；玩得愉快；感到快樂
support〔sə'port〕*v.* 支持　　network〔'nɛtˌwɝk〕*v.* 交流；溝通
share〔ʃɛr〕*v.* 分享　　team〔tim〕*n.* 團隊

I've said it before.	我以前說過了。
I'll say it again.	我要再說一次。
My fans are like my family.	我的粉絲就像是我的家人。
We have so much in common.	我們有很多共同點。
We're like-minded people.	我們是志同道合的人。
We all enjoy improving our English.	我們全都喜歡使自己的英文進步。
Now it's your time to make it happen.	現在該是你去實踐的時候了。
Don't you dare procrastinate.	如果敢拖延，你就試試看。
Don't put off English for another day.	不要把學習英文拖延到明天。
In conclusion, remember this.	總之，要記住這一點。
Join me daily with your phone.	每天都要用手機加入我的行列。
Learn perfect English for life.	要學習最好的實用的英語。

**

common〔'kɑmən〕*adj.* 共同的
have so much in common 有很多共同點
like-minded〔'laɪk'maɪndɪd〕*adj.* 志趣相投的；想法一致的
make it happen 去做吧；成功實踐　　dare〔dɛr〕*v.* 敢
don't you dare【表示生氣】你試試看，看我怎麼收拾你
procrastinate〔pro'kræstə͵net〕*v.* 拖延　　***put off*** 拖延
conclusion〔kən'kluʒən〕*n.* 結論　　***in conclusion*** 總之
join〔dʒɔɪn〕*v.* 加入　　perfect〔'pɝfɪkt〕*adj.* 完美的
Learn perfect English for life. = Learn perfect English for use in real life.（要學實際生活用得到的最好的英語。）

附
錄

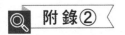　**附錄②**

網紅必背會話
【摘自「演講式英語」附錄】

　三句爲一組，按照記憶排列，很好背。

1. 表示感謝的話總整理

(1) **Thank you.** 的歸納

1. Thank you. (謝謝你。)
   Thank you very much. (非常謝謝你。)
   I can't thank you enough. (我怎麼謝你都不夠。)

2. Thank you so much. (非常謝謝你。)
   Thank you for your help. (謝謝你的幫忙。)
   Thank you for all you've done. (謝謝你爲我所做的一切。)

3. Thank you for everything. (一切都謝謝你。)
   Thank you for everything you've done for me.
   (謝謝你爲我所做的一切。)
   Thank you from the bottom of my heart. (我衷心感謝你。)

(2) **Thanks.** 的歸納

1. Thanks. (謝謝。)
   Thanks a lot. (非常謝謝。)
   Thanks very much. (非常謝謝。)

2. Thanks so much. (非常感謝。)
   Thanks ever so much. (非常感謝。)
   Thanks for everything. (一切都感謝。)

   | 說明 | so = very　　ever so = very |

附
錄

3. Thanks a lot. (非常謝謝。)
Thanks a million. (非常謝謝。)
Thanks a billion. (超級謝謝你。)【有點幽默的語氣】

4. Thanks heaps. (非常感謝。)
Thanks a bunch. (非常感謝。)
Thanks a ton. (非常感謝。)

> 説明 heap〔hip〕*n.* 一堆　　bunch〔bʌntʃ〕*n.* 一堆；一把
> ton〔tʌn〕*n.* 公噸
> Thanks heaps. 字面意思是「謝謝一堆」，表示「非常感
> 謝。」同理，Thanks a bunch. 和 Thanks a ton. 也是指
> 「非常感謝。」

(3) 其他感謝的話

1. You have my thanks. (感謝你。)
You have my gratitude. (感謝你。)
You have my appreciation. (感謝你。)

2. I'm grateful. (我非常感謝。)
I'm really grateful. (我真的很感謝。)
I'm more than grateful. (我感謝得不得了。)
【more than 作「不只…而已」解】

3. I'm in your debt. (我感謝你。)
I'm indebted to you. (我感謝你。)
I'm forever indebted to you. (我永遠感謝你。)

> 説明 be in *one's* debt = be in debt to *sb.*「受某人恩惠」，
> debt 字面意思是「債務」。
> I'm in your debt. 字面的意思是「我欠你的債」，引申
> 爲「我虧欠你」，即「我感謝你。」

4. I appreciate it.（我感謝。）
   I appreciate it very much.（我非常感謝。）
   I appreciate the things you've done for me.
   （我感謝你為我所做的一切。）
   【注意：appreciate 作「感激」解時，後面不能接「人」。】

5. Much obliged.（很感謝。）
   I'm much obliged.（我很感謝。）
   I'm much obliged to you.（我非常感謝你。）

6. I owe you.（我感謝你。）
   I owe you one.（我欠你一次人情。）
   I owe you a big one.（我欠你一個大人情。）

7. I owe you big.（我欠你很多人情。）
   I owe you big-time.（我欠你很多人情。）
   I owe you a lot.（我欠你很多。）
   【big-time 不可寫成 *big time*】

8. I owe you a favor.（我欠你一次人情。）
   I owe you a big favor.（我欠你一個大人情。）
   I owe you a huge favor.（我虧欠你太多了。）

   說明 講 I owe you. 之類的話，表示「非常感激。」，美國人
   最喜歡聽。

2. 回答感謝的話總整理

當別人對你說 "Thank you." 或 "Thanks." 你該如何回答？

1. You're welcome.（你別客氣。）
   You're most welcome.（你真客氣。）
   You're entirely welcome.（你太客氣了。）

   說明 也可以加強語氣說：You're most certainly welcome.
   You're welcome. 的本義是「你是受歡迎的。」引申
   為「你很客氣。」

附
錄

2. My pleasure. (我的榮幸。)
   It was my pleasure. (我的榮幸。)
   It was a pleasure. (眞榮幸。)

3. The pleasure was mine. (我的榮幸。)
   The pleasure was all mine. (我很榮幸。)
   The pleasure was entirely mine. (我非常樂意。)

4. My honor. (我的光榮。)
   It was my honor. (是我的光榮。)
   It was an honor. (很光榮。)

5. No problem. (沒問題。)
   No trouble. (沒問題。)
   No sweat. (沒關係。)

   説明　sweat 的主要意思是「流汗」，No sweat.「沒有流汗」，
   表示並沒有費很大的功夫，引申爲「沒關係。」用這句話
   來回答 Thank you. 表示親近。

6. Nothing. (沒什麼。)
   Nothing at all. (沒什麼。)
   It was nothing. (沒什麼。)

7. Don't mention it. (沒關係。)
   Don't worry about it. (不要放在心上。)
   No big deal. (小事一樁。)

   説明　這三句話可以一次講，加強語氣，很順，用以回答別人的
   感謝。

8. A: Thank you. (謝謝你。)
   B: Any time. (不客氣。)

   説明　Any time. 源自 At any time. 原爲 I can help you at
   any time. (我任何時候都可以幫助你。)
   Any time. 是對回答 Thank you. 的最好的回答話。

📖 句子索引

句子索引

句子索引

句子索引

句子索引

句子索引

句子索引

句子索引

句子索引

句
子
索
引

句子索引

關鍵字索引

關鍵字索引

關鍵字索引

關鍵字索引

關鍵字索引

關鍵字索引

📖 本書製作過程祕密大公開！

1. 我把我想要在網站上說的話，傳給在紐約的美籍說話專家 Edward McGuire，由他編寫出最美的英語。平均 5 句，我們才能挑出 1 句，務必說出來簡短，有感情，背得下來。

Edward 和劉毅老師

2. 我在網站上的評論區留言，使用這些句子，以後大家可以用我的話來寫留言。

3. 由主編謝靜芳老師負責翻譯，翻譯必須符合字面的意思，越是困難的，解釋得越清楚，絕不避重就輕。

4. 前後傳給美國文法權威教授 Laura E. Stewart 校對四次以上，儘量避免重複，句子務必正確。

5. 資深的美術編輯主任白雪嬌，負責整本書的設計，一本書像是一個藝術品，要讓讀者愛不釋手。

6. 有 40 年經驗的排版專家黃淑貞小姐，負責版面設計，每一頁都接近完美。

7. 很幸運由美麗的歌唱家、電影明星、播音員 Stephanie Hesterberg 錄音，她的聲音會讓你著迷，聽了還想再聽。

劉毅

2021 年 1 月 1 日

用手機學英文
　　的時代來臨了。

歡迎加入「快手」和「抖音」
「單詞教父劉毅」的行列。

用這本書的句子
在網站的「評論區」留言，
寫得越多，英文越進步。

每天在手機上使用英文，
結交世界各地的朋友，
找到志同道合的知音。
每天進步、成長，讓你快樂無比！